卷六

韻目

[一] 呂校：「《廣韻》作《二十八獮》、《二十九篠》。」

[二] 明州本、金州本、毛鈔、錢鈔注「朗」字缺筆作「朗」。龐鴻文校、濮校同。按：潭州本作「朗」，不缺筆。

[三] 明州本、潭州本、毛鈔「拚」字作「拚」。余校、衛校、龐校、濮校、錢校同。丁校據《說文》改「拚」。馬校：「『拚』，局作『拚』，凡从『升』諸字皆如此。」呂校：「《廣韻》作《四十二拯》。」按：錢鈔「拚」字作「拼」，注「與」字亦作「拼」。

[四] 明州本、潭州本、金州本、毛鈔注「六」字作「云」。韓校、陸校、龐校、濮校、錢校同。馬校：「『云』，局誤『六』。」錢鈔缺。

[五] 明州本、毛鈔、錢鈔「叡」字作「叡」。馬校、龐校、濮校、錢校同。

二十七銑

[一] 潭州本、金州本注「鑿」字作「鑿」。按：明州本、毛鈔、錢鈔作「鑿」。龐校、濮校同。

[二] 明州本、錢鈔注「潔」字作「潔」。陸校同。馬校：「『潔』，局作『潔』，俗。」

[三] 明州本、潭州本、金州本、毛鈔、錢鈔注「惟」字作「雉」。陸校、濮校同。與正文合。

[四] 余校：「按：《爾雅》作『洗，大棗』。不作『梚』也。」方校：「案：『梚』譌从手，據《類篇》及本文正。《釋木》作『洗』，陸書無異文。」按：明州本、毛鈔、錢鈔注「挩」字正作「梚」。

[五] 明州本、錢鈔「洒」字作「洒」。龐校、錢校同。

[六] 方校：「案：『箒』譌『箒』，據《廣雅·釋器上》正。王氏校本『箾』作『筅』。」按：明州本、金州本、錢鈔注「箒」字正作「箒」。龐校、濮校、錢校同。

[七] 明州本、毛鈔、錢鈔「䲘」字作「䲘」。顧校同。余校：「从『薦』者下並从『与』。」馬校：「局作『䲘』，多一畫，凡从『廌』字多一畫非是。」

[八] 明州本、毛鈔、錢鈔「穆」、「穆」作「穆」、「穆」，上从自。顧校、馬校、龐校、濮校、錢校同。與《廣韻》合。

[九] 馬校：「『碥』，案：扁，乘石之皃。後人加『石』旁，非也。《廣韻》已有『碥』，恐出在希馮之後。」

[一〇] 明州本、金州本、毛鈔、錢鈔注「虎」字作「虒」。韓校、陳校、龐校、濮校、錢校同。方校：「案：『虒』譌『虎』，據宋本及《類篇》正。」潭州本作「虎」，當是壞字。

[一一] 《類篇·辡部》未見此字。《水部》：「辡，邦免切，水皃。」俟考。

[一二] 明州本、毛鈔、錢鈔「鶣」字作「鶣」。段校、陳校、顧校、馬校、龐校、濮校、錢校同。方校：「案：《廣雅·釋器上》『鶣』从嵩，此譌从嵩，注竝譌『萹』。」

[一三] 明州本、潭州本、金州本、毛鈔、錢鈔注「曰」上有「一」字。韓校、陳校、馬校、龐校、濮校、錢校同。方校：「案：『曰』上奪『一』字，據宋本及《類篇》補。」

[一四] 明州本、潭州本、金州本、毛鈔注「細」字作「紐」。段校、陸校、龐校、濮校、錢校同。

[一五] 按：平聲《皆韻》：「䴢，䴢䴢，戎鹽也。或作醜醜。」《玉篇·鹵部》：「䴢，䴢䴢，戎狄之鹽。」《廣韻》：「䴢，蜀人呼鹽。」此「䴢鷉」非複詞，可删「䴢」字。

[一六] 《廣韻》「生」下有「兒」字。

[一七] 方校：「案：『搏』譌『博』，據《說文》、《類篇》正。」按：明州本、毛鈔、錢鈔注「博」字正作「搏」。陳校、馬校、龐校、錢校同。

〔一八〕余校「丏」並改从「丐」。方校：「案：『眄』譌『眄』，據《説文》、《篇》、《韻》正。下『芇』、『沔』等字竝誤。」按：明州本、金州本、毛鈔、錢鈔「眄」字正作「眄」。陳校、顧校、馬校、龐校、濮校同。

〔一九〕呂校：「《博雅》作『撰』。」某氏校：「『撰』譌『撰』，以《廣雅・釋言》校改。」按：明州本、潭州本、金州本、毛鈔、錢鈔「撰」字正作「撰」。陳校、龐校、濮校、錢校同。

〔二〇〕明州本、毛鈔、錢鈔「睗」字作「睗」。龐校、濮校、錢校同。與《説文》合。

〔二一〕《方言》第十：「眠娗，欺謾之語也。楚郢以南，東揚之郊通語也。」「娗」从廷聲，字當作「娗」。

〔二二〕明州本、潭州本、金州本、毛鈔、錢鈔「揣」字作「揣」，與《類篇》同。

〔二三〕金州本、毛鈔注「六」字作「六」。汪校、衛校、韓校、陳校、顧校、陸校、馬校、丁校同。方校：「案：『丌』譌『六』。據《説文》正。宋本則从隸作『六』。」

〔二四〕陳校：「『頣』，《廣韻》作『頣』，《玉篇》作『頣』。」馬校：「《類篇》作『頣』，與《廣韻》同。」方校：「案：《説文》作『頣』，隸从艮。此『艮』下加『二』，非。《廣韻》、《類篇》作『頣』，亦誤。」

〔二五〕方校：「案：《説文》：『𦙍，古文腆。』段氏謂从日誤。《玉篇》、《類篇》竝从肉。」

〔二六〕《類篇・女部》同，無「一曰」以下文。《目部》「眠」下有，似不當列此。

〔二七〕方校：「案：『富』譌『當』，據《玉篇》正。」按：《廣韻》：「腆，腆富。」《類篇・貝部》注「當」字作「富」。余校、陳校、龐校同。

〔二八〕明州本、錢鈔「腆」字作「腆」。龐校、濮校、錢校同。誤。潭州本、金州本、毛鈔作「腆」，與《玉篇》、《廣韻》合。

〔二九〕明州本、毛鈔、錢鈔「瑱」字作「瑱」，注「眞」字作「眞」。龐校、濮校同。

〔三〇〕明州本、毛鈔、錢鈔从「面」之字並作「面」，下同。龐校、濮校同。馬校：「局皆作『靣』旁，注同。」

〔三一〕方校：「案：《類篇》作『𠂆』，與《説文》合。」按：明州本、錢鈔作「攵」，注作「夂」。龐校、濮校、錢校同。非。陳校：「當作『𠂆』。」

〔三二〕余校注「日」下增「蝢」字，删「䖸」字。

〔三三〕方校：「案：《考工記・輈人》注同，《類篇》『刃』作『忍』。非。」

〔三四〕《周禮》見《考工記・弓人》。鄭注引鄭司農云：「紾讀爲抮縳之抮。昔讀爲交錯之錯。謂牛角觕理錯也。」據此「理觕」當作「觕理」，下增「錯」字。

〔三五〕明州本、錢鈔注「瘨」字作「瘨」。龐校同。

〔三六〕明州本、潭州本、金州本、毛鈔、錢鈔注「早」字作「旱」。余校、陳校、龐校、濮校同。

〔三七〕明州本、毛鈔、錢鈔注「偆」字作「偆」。汪校、龐校同。方校：「案：『偆』譌『偆』，據宋本及《廣雅・釋詁二》正。」

〔三八〕馬校：「『偆』當作『偆』。呼典切下宋作『偆』，局亦誤『偆』。」

〔三九〕明州本、毛鈔、錢鈔「醂」字作「醂」。龐校：「並从面。」與《類篇》同。

〔四〇〕《説文》見《革部》，从革，顯聲。當以「韅」字爲正體。注「朡」字大徐本作「掖」。

〔四一〕明州本、毛鈔、錢鈔注「偆」字作「偆」。陸校、龐校、濮校、錢校同。《廣雅・釋詁二》：「抮，偆也。」參見前徒典切、乃殄切「抮」字校語。

〔四二〕明州本、潭州本、金州本、毛鈔、錢鈔「綦」字作「綦」，與注文同。

〔四三〕明州本、毛鈔、錢鈔「豎」字作「豎」。與《廣韻》同。

〔四四〕《説文》注「牽」字作「引」。

〔四五〕方校：「案：『繭』上譌从艸，據《説文》正。」按：明州本、潭州本、金州本、毛鈔、錢鈔「繭」字作「繭」。錢校同。

〔四六〕明州本、錢鈔注「鳺」字作「鴂」。龐校、濮校同。誤。潭州本、金州本、毛鈔作「鴂」。參見去聲《霽韻》涓惠切「鴂」字。

〔四七〕陳校：「《廣韻》有『㨵』，古文『挸』。」

〔四八〕陳校：「『𩑒』，《玉篇》作『𩑒』，从東。『東』，胡感切。」

〔四九〕陳校：「『頣』，从艮。」參見前多殄切「頣」字校語。

[五〇] 方校：「案：當从《類篇》作『現』，『現』隸卷八中《壬部》。」

[五一] 《説文》見《土部》，「塗」字作「涂」，余校據此改「涂」。

[五二] 《詩·大雅·大明》：「大邦有子，俔天之妹。」釋文：「俔，牽遍反。磬也。《韓詩》作磬。磬，辟也。」疑此「罄」字當作「磬」。

[五三] 《説文》見《目部》，段注據玄應音義訂爲「目出皃也」。

[五四] 明州本、潭州本、金州本、毛鈔、錢鈔「頴」字作「潁」。馬校、龐校、錢校同。

[五五] 明州本注「鑿」字作「鑿」。濮校同。潭州本、金州本作「鑿」。

[五六] 《説文》見《虫部》，「蜥」字作「蜥」。方校：「案：『蜥』譌从折，據《説文》正。」按：毛鈔正作「蜥」。陳校、陸校同。

[五七] 方校：「案：『偃』訓仰，見《廣雅·釋言》。」

[五八] 方校：「案：《類篇》『皃』作『見』。與《説文》合。《説文》『張口』二字到，《類篇》與此同。」按：明州本、毛鈔、錢鈔注「皃」字正作「見」。陳校、馬校、龐校、濮校、錢校同。

[五九] 方校：「案：『犬』譌『大』，據《説文》正。」按：明州本、金州本、毛鈔、錢鈔注「大」字正作「犬」。陳校、陸校、濮校同。

[六〇] 明州本、毛鈔注「軌」字作「軌」。顧校、馬校、龐校、濮校同。

[六一] 方校：「案：『耜』見小徐本，大徐本作『枱』。『畒』見大徐本，小徐本作『畝』。今竝仍本書之舊。」

[六二] 明州本、錢鈔注「鼏」字作「鼏」。濮校同。誤。潭州本、金州本、毛鈔作「鼏」。

[六三] 方校：「案：《説文·門部》作『閔』，今據正。」按：明州本、毛鈔、錢鈔「閔」字作「閔」。與《説文》同。余校、顧校、陸校、馬校、龐校、濮校同。

[六四] 方校：「案：『縳』譌从専，據《説文》、《類篇》正。」按：明州本、毛鈔注「縳」字正作「縳」。顧校、陸校、龐校、濮校、錢校同。

[六五] 毛鈔「炫」字缺末筆。顧校同。按：他本不缺。

[六六] 方校：「案：『燗』譌从闌，《類篇》同。據《説文》正。」

二十八獮

[一] 潭州本、金州本「獮」字作「獮」，「獮」字作「獮」。余校「獮」字作「獮」，「獮」字作「獮」。吕校：「宜作獮。」錢校同。方校：「案：重文『獮』譌『獮』，據《類篇》及注文正。」明州本、錢鈔作「獮」、「獼」、「獮」。

[二] 方校：「案：《爾雅·釋山》音義『鮮』字或作『嶰』。」

[三] 明州本、潭州本、金州本、毛鈔、錢鈔「翩」字作「翤」。顧校、龐校同。注文正作「翤」。

[四] 方校：「案：《説文》『矢』作『夭』字，本《太元經》，即『矢』字。《類篇》譌『失』。」

[五] 方校：「案：《説文》『前』作『歬』，《類篇》同，今正。『斷』當作『斷』。」

[六] 潭州本注「一」字作「二」。誤。明州本、金州本、毛鈔、錢鈔注作「一」。

[七] 方校：「案：『商』譌『啇』，據《説文》正。」按：明州本、毛鈔、錢鈔注「啇」字作「商」。余校、陳校、陸校、龐校、濮校、錢校同。

[八] 明州本、毛鈔、錢鈔注「裸」字作「祼」。龐校同。

[九] 明州本、錢鈔注「謹」字作「謂」。龐校、濮校、錢校同。誤。潭州本、金州本、毛鈔作「謹」。

[一〇] 明州本、毛鈔「縒」字作「縒」。顧校、陳校、龐校、濮校、莫校、錢校同。與《博雅》、《廣韻》合。

[一一] 《説文》見《𠂤部》，「阜」字作「𠂤」。苗夔校勘記：「『水𠂤』當作『小𠂤』。」

[一二] 方校：「案：『帴』譌从心，據本文正。《考工記·鮑人》釋文鄭司農云：『帴讀爲翦。』」按：明州本、金州本、毛鈔、錢鈔注「帴」字正作「帴」。顧校、陳校、龐校、濮校、莫校同。

［一三］馬校：「案：丁所據《釋文·書》作『夤淺』，此未經衛包改也。今本《釋文》作『餞』，依衛改。」方校：「案：滅係馬訓。段云：『餞本是淺字，開寶依唐石經改餞，餞安得訓爲滅？』」

［一四］明州本、毛鈔、錢鈔注「遣」字作「遣」。韓校、陳校、龐校、濮校、錢校同。又明州本、金州本、毛鈔、錢鈔注「辵」字作「辵」。龐校、濮校、莫校同。馬校：「『遣』，局誤『遣』。『辵』作『辵』，不成字。」方校：「案：『遣』譌『遣』，『辵』譌『辵』，據宋本及《說文》正。」

［一五］明州本、毛鈔、錢鈔注「其」字作「具」。潭州本、金州本作「具」。

［一六］方校：「案：字當从《說文》作『䲣』，後粗兗切不誤。」按：《廣韻》亦作「䲣」。

［一七］《類篇·隹部》「雋」字注「肥」下有「肉」字，與《說文·隹部》「雋」篆同。下粗兗切「雋」字注「肥」下亦有「肉」字。

［一八］《說文》見《隹部》，鉉音徂沇切。馬校：「錢塘汪遠孫云：『《說文》雋，吮並徂兖切，《爾雅》㑺㑺，郭徂兖、徂沿反，並從母字。此粗兖必徂兖之誤。』案：此係宋本之誤，《類篇》徂兖不誤。」按：《漢書·地理志》長沙國有下雋縣，顏注：「雋音字兗反，又音辭兗反。」字兗即是從母。

［一九］方校：「案：『愽』譌『愽』，據《釋訓》正。」按：明州本、潭州本、金州本、毛鈔、錢鈔注「愽」字正作「愽」。陳校、顧校、陸校、龐校、濮校、錢校同。呂校：「宜作『愽』。」

［二〇］方校：「案：『姿』譌『恣』，據《類篇》正。」龐校：「此下十餘行模糊，間可辨認。」

［二一］明州本、毛鈔、錢鈔「繎」字作「繎」。陳校、顧校、龐校、濮校、錢校同。與《說文》合。

［二二］方校：「案：『炊』譌从文，據《說文》正。」按：明州本、潭州本、金州本、毛鈔、錢鈔注「炊」字正作「炊」。余校、陳校、馬校、龐校、濮校、莫校、錢校同。

［二三］明州本、毛鈔、錢鈔注「籖」字作「籖」。龐校、濮校、錢校同。

［二四］濮校注「㑪」字作「㑪」，云：「模糊。」

［二五］陳校：「从畨。」方校：「案：『䊶』譌『䊶』，據《廣韻》正。」按：明州本「䊶」字正作「䊶」。段校、馬校、濮校、莫校、錢校同。

［二六］明州本「䛸」字作「䛸」，注「善」字作「善」。馬校：「凡从『善』諸字，局皆隸省作『善』。」某氏校：「凡偏旁从『善』者放此。」龐校同。下不重出。

［二七］明州本、毛鈔、錢鈔「䛸」字作「䛸」。「目」旁作「目」。

［二八］方校：「案：二徐本及《類篇》同。《廣韻》引《說文》『止』上有『不』字，段氏據增。」

［二九］方校：「案：『蝎』譌『揭』，據《廣雅·釋獸》正。」按：明州本、金州本、毛鈔、錢鈔注「揭」字作「蝎」。陳校、龐校、濮校、錢校同。潭州本作「揭」，似是壞字。

［三〇］方校：「案：《廣雅·釋詁三》：『皺㛹，離也。』皮寬之訓見《廣韻》。」

［三一］方校：「案：二徐本及《類篇》均無『杓』字。」龐校：「『杓』，宋本已不可辨認，今《說文》及《類篇》所引竝無此字。」按：《戴記·禮器》有『樿杓』，疑今《說文》脱也。」

［三二］明州本、錢鈔「僐」字作「僐」。龐校同。

［三三］明州本、錢鈔「撡」字作「撡」。龐校、濮校同。

［三四］明州本、錢鈔「鄯」字作「鄯」。顧校、龐校同。《廣韻》、《類篇》作「鄯」。

［三五］明州本、錢鈔「䵷」字作「䵷」。《廣韻》、《類篇》同。

［三六］明州本注「䱇」字作「䱇」。龐校、錢校同。錢鈔作「䱇」，當是誤字。

［三七］明州本注「涴」字作「宛」，無水旁。錢校同。按：潭州本、金州本、毛鈔作「涴」。《文選·司馬長卿〈上林賦〉》：「穹隆雲橈，宛潬膠盭。」李注：「司馬彪曰：『宛潬，展轉也。』」《史記·司馬相如列傳》索隱引司馬彪作「蜿𧏬」。並字異義同。

［三八］余校「蛩」作「夗」。方校：「案：《說文》『蛩』作『夗』。」

［三九］方校：「案：『㧻』譌从手，據卷五《中山經》正。」按：明州本、潭州本、金州本、毛鈔、錢鈔注「㧻」字正作「㧻」。陳校、

馬校、龐校、濮校、錢校同。

［四〇］ 明州本、錢鈔「跡」字作「蹨」。顧校、龐校、莫校同。

［四一］ 明州本、錢鈔「僆」、「憐」作「僆」、「憐」。顧校同。下从「然」之字並如此，不再出。

［四二］ 莫校：「『敬』字缺末筆。」

［四三］ 明州本、錢鈔注「染」字作「染」。顧校、龐校同。

［四四］ 明州本、毛鈔、錢鈔注「夕」字作「夊」。龐校、濮校、錢校同。又明州本、毛鈔、錢鈔注「牛」字作「中」。余校、韓校、陳校、陸校、龐校、濮校、莫校、錢校同。馬校：「局作『舛』，是。注『夕牛』當作『夊中』，『夊』非朝夕字也。『中』局作『牛』，大謬。」方校：「案：『夊』，中几切，即『夊』字斜曳之。『夊，行遲曳夊夊，象人兩脛有所躧也』。『中』，中瓦切，从反『夊』斜曳之，故『舛』訓對卧，非从『夕牛』，宋本不誤。」

［四五］ 明州本、錢鈔注「荼」字作「荼」。濮校、錢校同。疑誤。潭州本、金州本、毛鈔作「茶」。《爾雅·釋木》：「檟，苦荼。」郭注：「今呼早采者爲荼，晚取者爲茗，一名荈。」

［四六］ 方校：「案：『腓』下奪『腸』字，據《説文》、《類篇》補。」

［四七］ 方校：「案：『肇』譌从圭，據《類篇》及《齊語》正。」按：明州本、金州本、毛鈔注「肈」字作「肇」。余校、衛校、陳校、陸校、龐校、濮校同。丁校據《齊語》改「肇」。馬校：「『肇』，局作『肈』，不成字。」

［四八］ 潭州本、金州本、毛鈔注「紘」字作「紘」。陳校、顧校、陸校、龐校、濮校、錢校同。馬校：「局誤『紘』，甲戌重刊本改正作『紘』。」黄彭年校：「『紘』，曹本作『紘』，段校改『紘』。顧校改。」按：此本並未改。

［四九］ 明州本、錢鈔「圂」字作「圂」。濮校同。龐校作「囦」。

［五〇］ 方校：「案：《廣韻》、《類篇》同，謂因刑錮人出也。《禮記·月令》：『季冬行春令，則國多固疾。』『固』與『錮』通。」

［五一］ 明州本、錢鈔从卮。

［五二］ 明州本、錢鈔「巵」字作「卮」。龐校、濮校、錢校同。

［五三］ 吕校：「《廣韻》作『鷓』，注『小卮』。」馬校：「『䏝』，《説文》在《卮部》，無『上』字。上文主兖切下《説文》小卮也，不誤。此注『小卮』局誤『卮』。」方校：「案：『上』字衍。『䏝』譌『䏝』，『卮』譌『卮』，據《説文》删正。」按：明州本、毛鈔、錢鈔「䏝」字作「䏝」。陳校、龐校、濮校、錢校同。

［五四］ 明州本、毛鈔、錢鈔「㞋」字作「𡰥」。段校、韓校、陸校、龐校、濮校、錢校同。陳校：「『𩏝』，《類篇》不从韋。」馬校：「『𡰥』，局作『㞋』，注中『𡰥』作『𡰥』，俱不成字。」方校：「案：《説文》『㲋』作『㲋』，『㲋』作『㲋』。段氏謂从皮省，則下不从瓦，改作『𡰥』、『𡰥』。『𩏝』，當从《類篇》及正文作『𩏝』。『㞋』，《類篇》作『𡰥』，此書注又作『𡰥』，然許書古文實作『𡰥』也。『㲋』當作『㲋』。」

［五五］ 明州本、潭州本、金州本、毛鈔、錢鈔「㑍」字作「㑍」。龐校、濮校同。方校：「案：或體《類篇》同，宋本作『㑍』。」

［五六］ 方校：「案：大徐本『緘』作『戚』，當據正。」

［五七］ 方校：「案：《廣雅·釋詁一》『㞋』作『𡰥』。」曹音而兖反，吕静音碾。按：曹本作「㞋」，顧氏重修本作「㞋」。明州本作「𡰥」。余校、龐校、濮校、莫校同。

［五八］ 陳校「㺒」作「㺒」。方校：「案：『㺒』譌『㺒』，據《説文》正，从隸省，則當作『㺒』。」

［五九］ 明州本、潭州本、金州本、毛鈔、錢鈔「褎」字作「褎」。龐校、濮校、錢校同。

［六〇］ 明州本、潭州本、金州本、毛鈔、錢鈔「㔾」字作「㔾」。注「已」作「巳」。余校、韓校、龐校、濮校、錢校同。

［六一］ 馬校：「『重』，局誤『宣』。案：『鱒』讀如僎。《儀禮·鄉飲酒禮》注：『今文遵爲僎。』」按：明州本、毛鈔、錢鈔注「宣」字正作「重」。韓校、顧校、陸校、龐校、濮校、莫校、錢校同。方校：「案：『重』譌『宣』，據宋本及《詩》釋文敘録正。」

［六二］ 陳校：「『㔶』同『𠥻』，見平聲《東》、《僊》二韻。」按：明州本「㔶」字作「𠥻」。濮校、錢校同。

［六三］ 陳校：「『辧』，《類篇》作『辧』。」方校：「案：『辧』譌『辨』，據《説文》正，《類篇》不誤。」

［六四］ 《説文》見《糸部》，注「微」字作「微」。潭州本、金州本同。濮校同。

［六五］段校「䩛」作「䩚」。陸校同。陳校：「『䩛』，《説文》作『䩚』。」方校：「案：『䩚』譌从且，《篇》、《韻》同，據《説文》正。」

［六六］明州本、金州本、毛鈔、錢鈔注「愐」字作「幗」。韓校、吕校、龐校、濮校、錢校同。方校：「案：『幗』譌从心，據宋本及本文正。」

［六七］依體例注「想也」下當補「或从丏」三字。《類篇》亦無。

［六八］陳校「軓」作「軌」。馬校：「當作『軌』，宋亦誤。」

［六九］方校：「案：《廣雅·釋器下》『籓』作『籓』。」

［七〇］余校「策」作「策」。

［七一］方校：「案：『瞥』，二徐本同。段氏依《篇》、《韻》校改爲『蔽目』。」

［七二］方校：「案：『乑』譌『釆』，據《説文》正。」按：毛鈔「釆」字作「采」。顧校、陸校、龐校、濮校、莫校、錢校同。馬校：「『采』，局作『釆』，非。」

［七三］明州本、毛鈔、錢鈔注「上」字作「止」。韓校、陳校、陸校、馬校、龐校、濮校、莫校、錢校同。方校：「案：『止』譌『上』。據宋本及《禮記·樂記》注正。」

［七四］陳校：「『娠』作『身』。」方校：「案：《説文》『娠』作『身』，《類篇》同。」

［七五］方校：「案：大徐本『强』作『彊』，《類篇》同，此从小徐。」

［七六］馬校：「『邃』，从穴，遂聲。局誤『窱』。」

［七七］明州本、潭州本、金州本注「絖」字作「紞」。濮校、錢校同。錢鈔作「統」，誤。

［七八］潭州本、金州本注「初」字作「礿」。誤。明州本、毛鈔、錢鈔注作「初」，不誤。

［七九］方校：「案：《釋器下》未見。」

［八〇］陳校：「『褏』，隸當作『衺』。」

［八一］明州本、錢鈔注「縠」字作「穀」。濮校同。

［八二］明州本、錢鈔注「禮」字作「襢」，从衣，與正文同。陸校同。

［八三］明州本注「縛」字作「縛」。龐校、濮校、錢校同。潭州本、金州本作「縛」。

［八四］陳校：「『蠡』，《類篇》作『蠒』。」方校：「案：重文《類篇》作『蠒』，入《虫部》。『蠡』字《蚰部》無。」

［八五］方校：「案：此係新坿字。」

［八六］段校作「蚩」，下从「蚩」字同。陳校同。馬校：「《説文》从虫，屮聲。凡从『蚩』之字皆作『蚩』，宋誤作『蚩』。」方校：「案：《説文》别有『蚩』字，从虫，㞢聲。蟲曳行之『蚩』，从虫，屮聲。《玉篇》『蚩』、『搕』、『䖨』，《廣韻》『鎑』、『鞑』皆不誤。此書或从『蚩』，又或从『蚩』，字書所無，今竝正。」

［八七］明州本、錢鈔「延」字作「迍」。龐校、濮校、錢校同。疑誤。

［八八］《博雅》見《釋詁二》，注「抒」字可删。

［八九］按：據《説文》，此字从革，蚩聲，字當作「鞑」。

［九〇］明州本、錢鈔注「杠」字作「杜」。龐校同。誤。潭州本、金州本、毛鈔注作「杠」，不誤。

［九一］按：「犠」字當作「犠」。

［九二］明州本、金州本、毛鈔、錢鈔注「堆」字作「搕」。余校、韓校、陸校、龐校、濮校、錢校同。潭州本作「堆」。皆誤。按：依正文及前校語當作「犠」。

［九三］《玉篇·食部》作「䖨」，注云：「丑善切。長味也。」此作「䖨」，當正。

［九四］明州本、錢鈔注「味」字作「呋」。龐校同。誤。潭州本、金州本、毛鈔注作「味」。

［九五］明州本、毛鈔、錢鈔注「謰」字作「謱」。龐校、濮校、錢校同。與《方言》第十合。

［九六］方校：「案：『擔』譌从木，據《廣韻》正。」按：明州本、毛鈔、錢鈔注「檐」字正作「擔」。陳校、陸校、龐校、濮校、錢校同。

［九七］毛鈔「雙」字作「雙」。余校作「雙」。

［九八］方校：「案：『勺』譌从屮，據《漢書・地理志》及《類篇》正。」

［九九］方校：「案：『連』譌『璉』，據《文選・何晏〈景福殿賦〉》正。」按：明州本、毛鈔、錢鈔注「璉」字正作「連」。龐校、錢校同。

［一〇〇］方校：「案：《類篇・邑部》力展切又出『鄻』字，注同，蓋傳録之誤。」

［一〇一］方校：「案：『輾』譌『𨋩』，據《玉篇》、《類篇》正。」按：明州本、錢鈔注「𨋩」字正作「輾」。陳校、龐校、濮校、錢校同。

［一〇二］明州本、潭州本、金州本、錢鈔「反」字作「反」。濮校、莫校同。龐校：「从『反』者並作『反』。」

［一〇三］明州本、錢鈔「碾」字作「碾」。顧校同。

［一〇四］明州本、錢鈔「跟」字作「跟」。顧校同。

［一〇五］馬校：「局刻注中作『赧』。《類篇》作『赧』，以『赧』、『赧』爲一字。」方校：「案：『赧』雖同『赧』，但注與正文不應異體，馬融《長笛賦》實从皮。」按：明州本注「赧」字正作「赧」。吕校、龐校、濮校、錢校同。

［一〇六］方校：「案：此見《方言》五，盧氏校本『𥜓』作『専』。」

［一〇七］明州本注「篿」字作「篿」。濮校同。

［一〇八］方校：「案：《廣雅・釋室》『院』作『垣』。」

［一〇九］方校：「案：『沲』譌『沲』，據《晉書音義》中引《文字集略》正。」按：明州本、毛鈔、錢鈔「沲」字正作「沲」。馬校、龐校、濮校、錢校同。

［一一〇］明州本、毛鈔、錢鈔「臠」字作「臠」。龐校、濮校、錢校同。濮曰：「从肉。」

［一一一］馬校：「『嬽』，局作『嬽』，注同。」方校：「案：『嬽』譌『嬽』，據本文正。『嬽』，《類篇》作『嬽』，似誤。」按：明州本、毛鈔、錢鈔「嬽」字作「嬽」。顧校、龐校、莫校、錢校同。

［一一二］方校：「案：『粘』字俗，當从《類篇》作『黏』。」

［一一三］陳校：「『土』，《類篇》作『小』，『埴』作『垍』。」方校：「案：『土埴』，《類篇》作『小垍』。」按：明州本、錢鈔注「土埴」正作「小垍」。

［一一四］方校：「案：此从大徐本，《類篇》同。《左・文十八年傳》及小徐本『擣』作『檮』。」

［一一五］方校：「案：『譏譏』，《類篇》作『巧譏』。」

［一一六］明州本、毛鈔「趨」字作「趨」。龐校、濮校同。

［一一七］方校：「案：『閈』當作『閉』。《說文》、《類篇》『閉』下有『門』字，當據補。」

［一一八］明州本、金州本、毛鈔、錢鈔注「幻」字作「紐」。衛校、韓校、陳校、陸校、馬校、龐校、濮校、莫校、錢校同。方校：「案：『紐』譌『幻』，據宋本及《類篇》正。」按：潭州本作「紐」，當是壞字。

［一一九］余校注「東」字下重「東」字。方校：「案：『河東』下《說文》複出『東』字，段氏依《水經注》作『河東垣東』，謂河東垣縣東也。此『垣』下省『東』字亦通。」

［一二〇］明州本、錢鈔注「汻」字作「涥」。龐校：「《說文》作『沵』。」按：毛鈔作「沵」。余校、衛校、陳校同。方校：「案：『沵』譌『汻』，據宋本正。」

［一二一］馬校：「『嘲』，局作『嘲』，不成字。」方校：「案：『嘲』當作『嘲』。」按：明州本、毛鈔、錢鈔注「嘲」字正作「嘲」。陳校、龐校、濮校、錢校同。

［一二二］明州本、毛鈔、錢鈔此字併注在「莬」下「駝」上。韓校、陸校、龐校、濮校同。馬校：「此字併注宋本在『莬』字注下，局刻在以轉切末。」方校：「案：宋本在『莬』下『駝』上。」

［一二三］《說文》見《虫部》，注「肙」字作「蜎」。余校作「蜎」。丁校據《說文》「肙」改「蜎」。方校：「案：大徐本『肙』作『蜎』，蓋讀連篆文，本《詩・東山》句也。段氏以爲仍複篆文，據此及《類篇》定爲『肙』。」

［一二四］《說文》見《革部》，注「縛」字作「縛」。按：明州本、毛鈔、錢鈔注「縛」字正作「縛」。龐校、濮校、錢校同。

[一二五] 余校「阰」作「批」。陳校：「『阰』，《說文》作『批』。」

[一二六] 陳校：「《類篇》『傳』作『倦』。」

[一二七] 明州本、毛鈔、錢鈔注「橏」字作「搢」。余校、汪校、龐校、濮校、錢校同。又明州本、潭州本、金州本、毛鈔、錢鈔注「拯」字作「極」。余校、汪校、陳校、龐校、濮校、錢校同。方校：「案：『搢』譌从木，『極』譌从手，據宋本及《廣雅・釋訓》正。」

[一二八] 馬校：「『絝』，局作『綔』，俗。」方校：「案：『絝』當作『綔』，『綔』古『袴』字。《類篇》不誤。」按：明州本、毛鈔、錢鈔注「綔」字作正「絝」。龐校、濮校、錢校同。

[一二九] 方校：「案：『聚』譌『鄹』，據大徐本《說文》正，小徐本作『邑』，非。」按：明州本、潭州本、金州本、毛鈔、錢鈔注作「鄹」。陳校：「『鄹』同『聚』。」陸校、莫校並作「聚」。

[一三〇] 明州本、錢鈔注「拒」字作「柜」。濮校、錢校同。非。潭州本、金州本、毛鈔作「拒」。

[一三一] 方校：「案：此新修字義十九文之一，段本無。」

[一三二] 陳校：「『綣』，《類篇》作『綣』，同。」

[一三三] 方校：「案：《廣雅・釋詁一》㝅，王氏校本據此補。」

[一三四] 某氏校：「『膚』，凡偏旁同者放此。」按：此脫去「口」上一横，明州本、錢鈔有。

[一三五] 余校从「巳」並改从「已」。

[一三六] 方校：「案：『䣝』譌『鄰』，毛板同，據《類篇》正，小徐本作『膝』。」按：明州本、錢鈔「鄰」字作「䣝」。龐校、濮校同。

[一三七] 方校：「案：《釋艸》注『叢』上不从艸，《類篇》同，今正。」

[一三八] 方校：「案：二徐本『閑』下有『也』字，《類篇》同，今補。」

[一三九] 明州本、錢鈔注「測」字作「側」。龐校同。

[一四〇] 馬校：「『茁』，局誤『苗』。『蝧』，局作『鏌』。」方校：「案：『茁』譌『苗』，『蝧』譌『鏌』，據《類篇》正。」按：明州本、潭州本、金州本、毛鈔、錢鈔注「苗」字正作「茁」。韓校、陳校、陸校、龐校、濮校、莫校、錢校同。又明州本、潭州本、金州本、毛鈔、錢鈔注「鏌」字正作「蝧」。衛校、龐校、濮校、錢校同。丁校據《類篇》改「蝧」。

[一四一] 方校：「案：『蔓』譌『蔓』，注又譌『蔓』，據《釋艸》正。」按：明州本、毛鈔、錢鈔「蔓」字作「蔓」。衛校、龐校、濮校同。馬校：「『蔓』當作『蔓』。注中『蔓茅』局作『蔓』，竟不成字。」

[一四二] 方校：「案：『萹』譌从竹，據《釋艸》及本文正。」按：明州本、金州本、錢鈔「篇」字正作「萹」。呂校、馬校、龐校、濮校、錢校同。

[一四三] 方校：「案：『烏』譌『鳥』，據《公羊・隱八年》釋文正。」按：明州本、毛鈔、錢鈔注「鳥」字正作「烏」。陳校、陸校、龐校、濮校、莫校、錢校同。

[一四四] 明州本、毛鈔注「東」字作「柬」。段校、韓校、陸校同。錢鈔脫去上半，僅存下「木」字。方校：「案：『東』當从前文改『柬』。宋本作『柬』，尤誤。」

二十九筱

[一] 明州本、潭州本、金州本、毛鈔、錢鈔注「砥」字作「砥」。馬校：「『砥』，局少一畫，非。」按：《廣韻》、《山海經・北山經》郭注均作「砥」。

[二] 方校：「案：此係新坿字。」

[三] 金州本、毛鈔「謏」字作「謏」，注同。潭州本注作「謏」。龐校、濮校同。

[四] 《說文》見《水部》，注云：「隘下也。一曰有湫水在周地。《春秋傳》曰：『晏子之宅湫隘。』安定朝那有湫泉。」與此注順序小異。

［五］方校：「案：『郉』譌『邢』，據小徐本正，大徐本作『那』。」按：明州本、毛鈔注「邢」字作「郉」。余校、陳校、顧校、龐校、濮校、莫校、錢校同。

［六］按：平聲《爻韻》：「漅，鋤交切。湖名。」《後漢書·明帝紀》：「永平十一年，漅湖出黄金，廬江太守以獻。」李注：「漅湖，湖名。音子小反。在今廬州合肥縣東南。」《類篇·水部》作「湖名」。此「水」字當作「湖」。

［七］段校：「『忽』即『𢗰』。」馬校：「案：『忽』即『𢗰』字。」

［八］方校：「案：『凶』譌『囟』，據《廣韻》《類篇》正。」按：明州本、毛鈔、錢鈔注「囟」字正作「凶」。龐校、濮校、錢校同。

［九］明州本、毛鈔、錢鈔从「勺」之字並作「勺」。下不重出。

［一〇］明州本、潭州本、金州本、毛鈔、錢鈔「[illegible]」字作「[illegible]」，注同。段校、汪校、韓校、馬校、陸校、龐校、濮校、錢校同。又明州本、潭州本、金州本、毛鈔、錢鈔「[illegible]」字作「[illegible]」。韓校、陸校、龐校、濮校、錢校同。陳校：「『[illegible]』，《廣韻》作『[illegible]』，今本《方言》作『佻』。」方校：「案：宋本及《類篇》『[illegible]』、『[illegible]』作『[illegible]』、『[illegible]』，《廣韻》『[illegible]』亦作『[illegible]』，訓同。盧校《方言》七：『佻抗，縣也。趙魏之間曰佻。』郭注：『了佻，縣物皃。』與此所引異。段氏謂他書引皆作『了』，『[illegible]』，此作『[illegible]』，未詳所出。」

［一一］明州本、錢鈔「朓」字作「朓」。龐校：「『朓』字缺筆作『朓』。」

［一二］明州本、錢鈔「窱」字作「窱」。龐校、濮校、錢校同。按：《廣雅·釋詁三》作「窱」，《類篇》同。潭州本、金州本、毛鈔作「窱」。作「寢」誤。

［一三］方校：「案：『窕』，諸字書未見，惟見此及《類篇》，葢即『窕』字之譌。《爾雅·釋言》亦正作『窕』。」

［一四］方校：「案：《類篇》『誂』作『誂』。」

［一五］明州本、錢鈔注「側」字作「測」。龐校、濮校、錢校同。

［一六］明州本、金州本、錢鈔注「朗」字作「朗」。龐校同。濮校：「『朗』缺筆。」

［一七］方校：「案：『𢘻』譌『怉』，據《說文》正。《說文》『形』上有『象』字，今據增。」按：明州本、錢鈔注「怉」字正作「𢘻」。

馬校、龐校、錢校同。

［一八］方校：「案：《廣雅·釋言》『驕』作『蹻』，無『長』字。」

［一九］陳校：「『繚繞』，又入《小韻》。」

［二〇］方校：「案：『纒』譌『纒』。據大徐本正。」

［二一］明州本、錢鈔注「繆」字作「緣」。濮校：「『宋本作「緣」。』按：作『緣』與正文不相應，非是。潭州本、金州本、毛鈔並作『繆』。」

［二二］明州本、錢鈔注「袴」字作「袴」，毛鈔作「袴」。馬校：「『袴』，局誤『袴』。當據正。」

［二三］陳校：「『燎』、『獠』、『僚』、『嫽』、『醻』五字入《小韻》。」

［二四］方校：「案：『抉』譌『抆』，據《類篇》正。」按：明州本、錢鈔注「抆」字正作「抉」。陳校、龐校、濮校、錢校同。

［二五］明州本、錢鈔「鐐」字作「鐐」，「鑠」字作「鑠」。龐校：「並从炙。」陳校：「『鐐』又入《小韻》。」

［二六］明州本、毛鈔、錢鈔注「[illegible]」字作「炙」。陳校同。馬校：「局皆作『炙』，誤。」

［二七］明州本、錢鈔「菜」字作「采」。龐校、濮校、錢校同。潭州本、金州本、毛鈔並作「菜」。非。與《說文》合。

［二八］方校：「案：當从《類篇》作美。『美』，古『羔』字。」按：明州本、錢鈔注「美」字正作「美」。龐校同。

［二九］方校：「案：『𨑥』譌『𨑥』，注又譌『𨑥』，據《類篇》正。宋本作『𨑥』，亦誤。」按：明州本、毛鈔、錢鈔「𨑥」字作「𨑥」。汪校、韓校、濮校、錢校同。潭州本、金州本作「𨑥」。又按：《廣韻》作「𨑥」云：「𨑥𨑥。」段校：「《廣韻》作『𨑥』，誤。」

馬校：「下文『葯茮』，宋亦作『茮』。《廣韻》作『𨑥』，誤。」

［三〇］陳校：「『田』，《類篇》作『曲』，按：《廣韻》『山田』。」方校：「案：《類篇》『田』作『曲』，今據正。」

［三一］明州本、毛鈔、錢鈔「茮」字作「茮」，注同。顧校、馬校、龐校、濮校、錢校同。

［三二］陳校：「『葯』作『葯』。」顧校：「『芍』及从『芍』之字均作『芍』。」方校：「案：《廣韻》『葯』作『葯』，非。陳侍御云：『慶鏞案：《玉篇》芍下注云：都麻切。蓮子也。下了切。藨芘也。』」汪校同。

[三三] 方校：「案：『渺』，中譌从耳，據《類篇》正。」按：明州本、潭州本、金州本、毛鈔、錢鈔注「渺」字正作「渺」。

[三四] 陳校：「『幻』，《廣韻》作『𠄔，相詐也。《玉篇》音患』。」馬校：「『幻』，《廣韻》作『𠄔』。」

[三五] 潭州本、金州本、毛鈔注「㓜」字作「幺」。陸校、龐校、濮校、錢校同。方校：「案：『幺』譌从刀，據宋本正。《廣韻》作『𠄔』，注『修續譜云：相詐也』。《類篇》『𠄔』與『幻』皆入《予部》。」

[三六] 方校：「案：『鳴』譌『也』，據《說文》、《廣韻》、《類篇》正。後伊鳥切『鷕』注亦可證。」

[三七] 馬校：「凡从『幼』諸字局皆从俗作『幼』。」

[三八] 顧校：「『窈』作『窔』。」按：《說文》「窔」从穴幼聲，顧校是。

[三九] 方校：「案：『窅』譌『窌』，《類篇》又譌『窌』，據張衡《西京賦》及注文正。」按：明州本、毛鈔、錢鈔「窌」字正作「窅」，與注文同。陳校、顧校、龐校、濮校、錢校同。

[四〇] 明州本、錢鈔「嬈」字作「嬈」。顧校、濮校同。按：注云「从幼」，則「㓜」字當作「㓜」。

[四一] 明州本、錢鈔注「尭」字作「堯」。濮校、錢校同。

[四二] 錢鈔注「隸」字作「隸」。明州本注作「隸」。濮校同。

[四三] 明州本、錢鈔注「蕘」字作「蕘」。濮校、錢校同。

[四四] 馬校：「局誤『寃』。『寃』不成字。」丁校據《爾雅》作「薞」。方校：「案：『薞』譌『寃』，據《釋艸》正。」按：明州本、金州本、毛鈔、錢鈔注「寃」字作「薞」。段校、衛校、陳校、龐校、濮校、錢校同。

[四五] 《爾雅·釋草》：「蔞繞，蕀薞。」郭注：「今遠志也。」

[四六] 陳校：「『鴞』省作『鴞』，俗作『鴞』。」

[四七] 方校：「案：『㝵』譌『㝵』，據《說文》正。」按：明州本、毛鈔、錢鈔「㝵」字正作「㝵」。龐校、濮校、錢校同。

[四八] 《玉篇》、《廣韻》「葝」作「葝」，注並無「皃」字。

[四九] 明州本、毛鈔、錢鈔注「茮」字作「茮」。濮校同。

[五〇] 明州本、潭州本、金州本、錢鈔注下「湒」字作「溟」。余校、韓校、龐校、濮校、錢校同。馬校：「『溟』，局亦作『湒』，《類篇》作『湒溟』。」毛鈔下「湒」字作「溟」。方校：「案：『湒溟』譌『湒湒』，據《類篇》正。宋本『湒』作『湞』，亦誤。」

[五一] 毛鈔「剌」字作「剌」。馬校：「注『剌』，局誤『剌』，宋不誤。」

[五二] 顧校：「『曉』字作『曉』。」按：書中凡从「堯」之字均應作「堯」。

[五三] 明州本、毛鈔、錢鈔「鼼」字作「鼼」。馬校：「『鼼』，宋本誤，局从昇。」

[五四] 明州本、潭州本、金州本、錢鈔下「皎」字作「皎」。余校、陳校、許校、濮校、錢校同。

[五五] 明州本、毛鈔、錢鈔「鐃」字作「鐃」。韓校、陳校、顧校、濮校、錢校同。方校：「案：『鐃』譌『鐃』，據宋本及《類篇》正。」按：上文馨鳥切作「鐃」，不誤。

[五六] 明州本、毛鈔注「袴」字作「袴」。濮校同。是。錢鈔作「恈」，从心，誤。

[五七] 明州本注「从」字作「以」。濮校同。誤。按：依本書體例，當作「从」。潭州本、金州本、毛鈔、錢鈔作「从」。

[五八] 明州本、毛鈔、錢鈔「闋」字作「闋」。韓校、濮校、錢校同。又注「經」字作「絞」。韓校、陸校、濮校、錢校同。馬校：「『闋』，宋誤，當依局从門。注中『絞』字局作『經』。依《說文》、《類篇》當作『經繆』。」方校：「案：此見《說文·門部》，宋本『闋』作『闋』，『經』作『絞』，竝誤。」

[五九] 明州本、毛鈔「暤」字作「暤」，注同。韓校、濮校、錢校同。方校：「案：《類篇》同。宋本『暤』作『暤』。疑皆『皞』字之譌。」

[六〇] 方校：「案：此見《方言》十二，『效』，各本同，盧氏校本依宋本作『皦』。」

三十小

[一] 方校：「案：『分』上奪『八』字，據《說文》補。」按：大徐本無「八」字，與此引《說文》合。

[二] 明州本、潭州本、金州本、錢鈔注「微」字作「微」。

[三] 余校「巢」竝从「巢」。

[四] 馬校：「案：《周書》當作《夏書》，見《甘誓》。釋文曰『馬本作剿』，是。或作者，馬融本也。『剿』即『剿』之異體。今本經宋開寶改爲『勦』字。『勦』从力訓勞，與『剿』、『剿』从刀絶不混同。丁不以『勦』與『剿』、『剿』爲同字同義，則其所見《書》未經改者也。」

[五] 方校：「案：『拭』譌『或』，據《廣韻》及《廣雅・釋詁二》正。」按：明州本、潭州本、金州本、毛鈔、錢鈔注「或」字作「式」。顧校、陸校、馬校、龐校、濮校、錢校同。余校、衛校、陳校作「拭」。丁校據《廣韻》作「拭」。按：上《筱韻》子了切作「拭」。

[六] 方校：「案：『脂』譌『膘』，注文同，據《類篇》正。」

[七] 方校：「案：楚子使萩來聘，見《穀梁・文九年》，《左氏》作『椒』，《公羊》釋文：『椒，一本作萩。』」

[八] 方校：「案：此字《説文》入《水部》，當从小徐及《類篇》作『灑』。」

[九] 明州本、錢鈔注「晝」字作「盡」。濮校同。

[一〇] 明州本、潭州本、金州本、錢鈔注「悚」字作「竦」。韓校、馬校、龐校、濮校、錢校同。方校：「案：宋本及《類篇》『悚』作『竦』，今據正。」

[一一] 明州本、錢鈔注「紹」字作「卲」。龐校、濮校、錢校同。

[一二] 明州本、毛鈔、錢鈔注「七」字作「十」。馬校：「宋誤『十』，局作『七』。」按：此小韻實七字，潭州本、金州本俱作「七」。

[一三] 明州本、潭州本、金州本、錢鈔注「昭」字作「昭」，从目。

[一四] 方校：「案：大徐本及《類篇》同，小徐本『水』作『也』。」

[一五] 方校：「案：『綤』譌从卲，據《類篇》正。」按：明州本、金州本、毛鈔、錢鈔「綤」字作「綤」。顧校、龐校、濮校同。潭州本作「綤」。

[一六] 明州本、毛鈔、錢鈔「袑」字作「袑」，从衣。陳校、濮校同。馬校：「局誤从衤作『袑』，與下『袑』複。」

[一七] 明州本注「襠」字作「襠」。濮校同。

[一八] 丁校：「《廣雅》『咻』上有『浴』字，此脱。」方校：「案：《廣雅・釋器下》『咻』上有『浴』字，當據補。」衛校、陳校同。

[一九] 潭州本、金州本、錢鈔「擾」字作「擾」。明州本作「擾」。顧校、龐校、濮校同。馬校：「宋本从『憂』，『堯』諸字皆爲正體，局作『憂』、『堯』皆俗體。」

[二〇] 方校：「案：『裹』譌『褭』，據《類篇》及本文正。」按：明州本、毛鈔、錢鈔注「褭」字正作「裹」。段校、陳校、陸校、龐校、濮校、錢校同。

[二一] 明州本、錢鈔「撓」字作「撓」，注同。濮校同。

[二二] 潭州本「繚」至「顤」錯爲十三頁，「鼽」至「蠶」錯爲十一頁。金州本不誤。

[二三] 方校：「案：『獼猴』譌『猕候』，據《爾雅・釋獸》注正。」按：明州本、潭州本、金州本、毛鈔、錢鈔注「候」字正作「猴」。

[二四] 明州本、錢鈔注「捕」字作「補」，濮校同。誤。潭州本、金州本、毛鈔作「捕」，不誤。余校、陳校、龐校、濮校同。

[二五] 某氏校：「『猪』注『健』譌『健』，从《博雅》校改。」

[二六] 明州本、毛鈔、錢鈔「肇」字作「肇」。余校、段校、韓校、錢校同。方校：「案：『肇』譌『肇』，據《説文・攴部》正。宋本作『肇』，同。」馬校：「局作『肇』，俗。」

[二七] 陳校：「『兆』當作『兆』。」莫校：「按：當作『兆』，《集韻》誤。」

[二八] 明州本、毛鈔注「時」字作「時」。余校、陳校、顧校、龐校、濮校、錢校同。方校：「案：大徐本『時』作『時』，宋本及《類篇》竝从之。小徐本與此同。承氏培元校勘記以作『時』爲是。時謂基止也。」

[二九] 方校：「案：大徐本及《類篇》同，小徐本作『悠悠』。段氏校改『悠悠』。」

[三〇] 明州本、毛鈔、錢鈔注「叀」字作「叀」。余校、段校、衛校、韓校、陳校、陸校、龐校、濮校、錢校同。丁校據《説文》「叀」作

「夷」。馬校：「『夷』，局作『東』，不成字，誤。」方校：「案：『夷』譌『東』，據宋本及《説文》正。又《説文》『一』作『或』，『百斤』下有『左右』二字。」

［三一］余校作「舀」。按：字作「舀」，不作「舀」。

［三二］方校：「案：《説文》『舀』或从手宂，或从臼宂。此从臼，从宂，竝非。」按：《廣韻》作「舀」、「䏙」、「抭」，从穴，誤。

［三三］方校：「案：小徐本作『鷕』，此从大徐。」按：《廣韻》作「鷕」，從小徐，訓雉鳴也。

［三四］明州本、錢鈔「夭」字作「夭」，注同。錢校同。龐校：「『夭』並从『夭』。」方校：「案：『夭』上不加丿，『雙』字模黏，據宋本補。」顧校「雙」字作「雙」。

［三五］明州本、毛鈔、錢鈔注「末」字作「末」。陳校、馬校、陸校、莫校同。

［三六］方校：「案：注文模黏，據《類篇》、《韻會》補。」

［三七］明州本、毛鈔、錢鈔注「古」字作「右」。韓校、陳校、陸校、濮校、錢校同。方校：「案：『右』譌『古』，據宋本及《説文》正。」

［三八］呂校：「《爾雅》作『鉤』。」方校：「案：『鉤』譌『鈞』，『拇』譌『栂』，據《釋艸》及郭注正。」按：明州本、金州本、毛鈔、錢鈔注「鈞」字正作「鉤」。陳校、馬校、龐校、濮校、錢校同。又明州本、金州本、毛鈔注「栂」字作「拇」。余校、陳校、龐校、濮校、錢校同。

［三九］按：「窈」字當作「窈」，諸本皆誤。

［四〇］明州本、毛鈔、錢鈔注「謂」字作「糾」。顧校、陸校、馬校、龐校、錢校同。方校：「案：『糾』譌『謂』，據宋本正。《類篇》作『窌』，亦誤，《穴部》無『窌』字。」

［四一］方校：「案：《類篇》無『葉』字。」

［四二］《玉篇・艸部》：「葯，草長。」字當作「葯」。

［四三］衛校「擊」改「繫」。丁校、陳校同。方校：「案：『繫』譌『擊』，據《説文》正。」

［四四］方校：「案：《類篇》『昳』作『眣』，非。眣，式荏切，視也。又舒閏切，開闔目數搖也。」

［四五］方校：「案：大徐本及《類篇》『名』作『也』，今據正。」

［四六］陳校：「『憒』當作『僨』，音奔。」方校：「案：『僨』譌『憒』，據《莊子・在宥篇》郭注正。」按：明州本、錢鈔注「憒」字正作「僨」。龐校、濮校、錢校同。

［四七］明州本、毛鈔、錢鈔「鄗」字併注在「僑」下「鐈」上。段校、韓校、陸校、馬校、龐校、錢校同。方校：「案：宋本在『僑』下『鐈』上。」

［四八］陳校：「《類篇》同『糾』，相糾也。」方校：「案：《類篇》『𠃋』作『丩』，『糺』作『糾』，與《説文》合，今據正。」

［四九］明州本、錢鈔注「也」下有「攷」字。龐校、濮校同。

［五〇］陳校：「『牝』當作『牡』，見《爾雅》。」

［五一］明州本、錢鈔注「趨」字作「輕」。龐校、濮校、錢校同。按：本韻丑小切「趫」字訓輕走皃。

［五二］呂校：「《爾雅》作『鮴』。」丁校據《爾雅》改「鮴」作「鮴」。方校：「案：『鮴』譌从休，據《釋艸》正。」按：明州本注「鮴」字正作「鮴」。衛校、陳校、馬校、龐校、濮校、錢校同。

［五三］方校：「案：『端』當从《類篇》作『耑』。」

［五四］明州本、錢鈔注「木」字作「末」。余校、韓校、陳校、龐校、濮校、錢校同。

［五五］方校：「案：大徐本及《類篇》『皃』作『見』，小徐本無『見也』二字。」按：明州本、毛鈔、錢鈔注「皃」字正作「見」。余校、段校、陳校、龐校、濮校、錢校同。馬校：「各本皆作『見』，唯此處『見』局作『皃』，下文匹沼切下仍作『見』。」

［五六］陳校：「《類篇》从木，表也。」方校：「案：『摽』譌『摽』，『表』譌『落』，據《類篇》正。」按：明州本、毛鈔、錢鈔「摽」字正作「標」。陸校、龐校同。注「落」字作「表」。龐校同。龐校：「鴻文案：《字典・手部》『摽』引《集韻》與曹本合，又謂《集韻》卑遙切之『標』與表同，當从木。今曹本亦从手，而《類篇・木部》『標』注云：『俾小切。表也。』《北史》『標其門閭』是此字，亦當从木訓表。宋本《集韻》从手、从木已模糊難辨，而『表』字當爲習識。竊謂『摽』與『摽』義同，

『榭』與『標』相近。如从手當訓落，如訓表當从木。故既从宋本改『落』爲『表』，因从《類篇》改『摽』爲『榭』。」

[五七] 馬校：「从三『犬』。局从三『大』，非。」方校：「案：『猋』當作『蔠』。《爾雅》：『猋，藨芀。』郭注：『皆芀荼之别名。』疑『猋』字異文爲『蔠』也。釋文不載而《篇》、《韻》竝收，今仍之。『艸名』，《類篇》作『香艸』。」按：明州本、毛鈔、錢鈔「蔠」字正作「蔠」。陳校、龐校同。

[五八] 潭州本「目」作「日」，非。明州本、金州本、毛鈔、錢鈔作「目」，不誤。

[五九] 明州本、毛鈔注「疾」字作「戾」。余校、韓校、錢校同。龐校：「模糊。」馬校：「『戾』，誤字。局作『疾』。《類篇》匹沼切作『疾』，不誤。」方校：「案：二徐本及《類篇》同，宋本『疾』作『戾』，非也。」

[六〇] 方校：「案：『草』當从《類篇》作『艸』。」

[六一] 明州本注「麃」字作「麍」。錢鈔空缺。

[六二] 明州本、錢鈔「摽」作「摽」。龐校同。

[六三] 方校：「案：『挈』譌『絜』，據《說文》正。『闟牡』，段氏校本及《類篇》同。毛刻『牡』作『壯』。祁刻『闟』作『鑰』。竝誤。」按：毛鈔注「絜」字作「潔」。韓校、陸校同。顧校、龐校、錢校作「潔」。

[六四] 方校：「案：《類篇》『膠』作『胞』。」按：明州本、錢鈔注「膠」字正作「胞」。陳校、錢校同。

[六五] 方校：「案：二徐本『焦』作『顦』，《類篇》同，今正。」

[六六] 方校：「案：『僬』譌『僬』，據《類篇》及注文正。」按：明州本、錢鈔「僬」字正作「僬」，注同。陳校、顧校、陸校、龐校、濮校同。

[六七] 方校：「案：『仯』譌『沙』，據《廣韻》、《類篇》正。」按：曹本如此，顧氏重修本已改。

[六八] 方校：「案：『穮』譌『穮』，據《類篇》及本文正。『麃』亦當从本文作『麃』。《類篇》正文及注竝作『麃』。」按：明州本注「穮」字正作「穮」。陳校、錢校同。錢鈔注少一點，作「穮」。

[六九] 余校「耑」作「端」。參見前俾小切「𤗈」字注。

[七〇] 方校：「案：『色』譌『芭』，據《廣韻》引《蒼頡篇》正。」按：明州本、潭州本、金州本、錢鈔注「芭」字正作「色」。余校、陳校、龐校、濮校、錢校同。

[七一] 明州本、潭州本、金州本、毛鈔、錢鈔注「十」下有「七」字。龐校、錢校同。按：此小韻計十七字，當補。

[七二] 衛校、陳校「朱」字作「失」。丁校據《周禮》注「朱」字改「失」。方校：「案：『失』譌『朱』，《類篇》同。據《周禮・天官・内饔》注正。」

[七三] 明州本、錢鈔「貓」字作「貓」。濮校同。

[七四] 方校：「案：『折縛』譌『析縛』，據《類篇》正。」余校、陳校同。按：明州本注「縛」字作「縛」。龐校、濮校、錢校同。

[七五] 明州本、錢鈔注「祛」字作「祛」。龐校、濮校同。

[七六] 方校：「案：『鹹』譌『鹹』，據《莊子・列御寇篇》正。」按：明州本、錢鈔注「鹹」字作「鹹」。陳校、濮校同。龐校：「當从首。」

[七七] 明州本、錢鈔注「詰」字作「詁」。濮校同。龐校：「前作『詰』。」按：「喬詰」見《莊子・在宥》，釋文引崔譔云：「喬詰，意不平也。」

[七八] 明州本「斛」字作「䚗」。余校、韓校、龐校、濮校、錢校同。錢鈔作「䚗」。

[七九] 明州本、潭州本、金州本、毛鈔、錢鈔注「析」字作「折」。余校、韓校、龐校、濮校、錢校同。方校：「案：『折鼻』譌『析鼻』，據宋本及《玉篇》正。」

[八〇] 按：《玉篇・魚部》「鱎」字未見此切語。

三十一巧

［一］方校：「案：『技』謁『技』，據《說文》正。」按：明州本、毛鈔、錢鈔注「技」字正作「技」。陳校、龐校同。

［二］《類篇·頁部》「頝」字未見此切語。

［三］明州本、錢鈔「妟」字作「妟」。誤。潭州本、金州本、毛鈔作「妟」。

［四］明州本、毛鈔、錢鈔注「吉」字作「古」。陳校、龐校、錢校同。馬校：「『古』，局誤『吉』，《類篇》古巧切不誤。」方校：「案：《類篇》、《韻會》『吉』作『古』，『古』、『吉』同見母。」

［五］明州本、錢鈔注「撓」字作「橈」。龐校、濮校同。誤。按：潭州本、金州本、毛鈔作「撓」。

［六］《說文》見《火部》。《廣韻》以「狡」爲「烄」字之重文。段注：「《玉篇》、《廣韻》皆曰『狡』同『烄』，必本諸《說文》，不知今本《說文》何以析爲二？『交灼』之語亦不可通。」

［七］方校：「案：《考工記·廬人》『擊』作『毃』，音義同。」

［八］陳校：「『篧』，當作『篍』。」方校：「案：《廣韻》『篧』作『篍』，注：『竹筍。』《類篇》與此同，云：又下巧切。檢下巧切有『篍』無『篧』，則字當从『竹』下『殽』明矣。」按：明州本、毛鈔、錢鈔「篧」字作「篍」。

［九］陳校：「『菽』亦作『茭』。」

［一〇］方校：「案：『挍』謁『挍』。據《廣韻》、《類篇》正。」

［一一］明州本、潭州本、金州本、毛鈔、錢鈔注「撹」字作作「撓」。韓校、錢校同。馬校：「『撓』，局作『撹』，《類篇》作『撓』。」

［一二］方校：「案：宋本及《類篇》『撹』皆作『撓』，今據正。」

明州本、毛鈔、錢鈔「挍」字作「挍」。龐校、濮校、錢校同。方校：「案：《類篇》同。宋本『挍』作『挍』，誤。」

［一三］毛鈔「鴂」字作「鴂」。方校：「案：『鴂』當从宋本作『鴂』。注『足』，《爾雅·釋鳥》郭注作『脚』。」

［一四］「㘬」當作「㘬」。陳校：「『㘬』亦从革。」

［一五］方校：「案：『鞄』當从《類篇》作『鞄』，後楚狡切亦可證。」按：明州本、潭州本、金州本、毛鈔、錢鈔注「鞄」字正作「鞄」。余校、陳校、龐校、濮校、錢校同。

［一六］陳校：「『皃』，《廣韻》作『見』。」

［一七］衛校「簓」字作「嫪」。丁校據《類篇》改「簓」作「嫪」。

［一八］方校：「案：『芟』謁『芟』，據《廣雅·釋艸》正。」按：明州本、錢鈔注「芟」字正作「芟」。龐校、濮校、錢校同。

［一九］方校：「案：『涷』謁『潭』，據《類篇》正。」按：明州本、錢鈔注「潭」字正作「涷」。龐校、濮校、錢校同。

［二〇］方校：「案：《說文》『嵾』作『嵾』，『厭』作『猒』。」

［二一］方校：「案：《釋地》未見，王氏據此及《類篇》補。」

［二二］馬校：「案：『鞄』即『鞄』之異體，『韗』字誤，此攻皮非搏埴也。或『鞄』作『韗』，因傳寫作韗耳。」

［二三］馬校：「『柔』，局作『桑』，誤。《爻》、《覺》韻皆云：『柔革工。』」方校：「案：『柔』謁『桑』，據《考工記》釋文正。」

［二四］陳校：「『丣』，《廣韻》作『丣』，古作『丣』。」方校：「案：『卯』、『丣』謁『卯』、『丣』，『冒』謁『冃』，據《說文》正。」按：

明州本、潭州本、金州本、毛鈔、錢鈔「卯」字作「卯」。龐校：「下並同。」

［二五］明州本、潭州本、金州本、毛鈔、錢鈔「泖」字作「泖」。

［二六］明州本、錢鈔「昴」字作「昴」。濮校、錢校同。陳校：「『昴』當作『昴』。《爾雅》：『大梁，昴也；西陸，昴也。』」

［二七］馬校：「案：皃葵从丣音栁，俗作从卯。丁收《巧韻》，實仍《廣韻》之誤。」

［二八］方校：「案：『敹』當从《類篇》作『敹』。」按：明州本、潭州本、金州本、毛鈔、錢鈔「敹」作「敹」。顧校同。

［二九］明州本、毛鈔、錢鈔注「消」字作「捎」。韓校、陳校、顧校、陸校、龐校、濮校、錢校同。馬校：「『捎』，局誤『消』。」

［三〇］馬校：「『柹』，宋誤，局作『姊』。」按：毛鈔作「姊」，疑馬氏所據本有誤。

［三一］明州本、潭州本、金州本、錢鈔「鸐」字作「鸖」。陳校、龐校、濮校、錢校同。按：當作「鸔」。

［三二］明州本、潭州本、金州本、錢鈔「㚏」字作「㚏」。陳校、龐校、濮校同。按：當作「㚏」。

［三三］明州本、錢鈔「𪇛」字作「𪇛」。龐校、濮校同。

［三四］明州本、毛鈔、錢鈔「熓」字下空一格。段校、韓校、龐校同。馬校：「局不空，文十三不應空。」按：潭州本、金州本不空。

［三五］方校：「案：『夙』譌『𠃥』，據《説文》正。」

［三六］明州本、潭州本、金州本、毛鈔、錢鈔「又」字作「叉」，「蚤」作「蚤」，「搔」作「搔」。余校、汪校、陳校、陸校、龐校、濮校、錢校同。馬校：「『叉』，凡宋本从『叉』諸字皆如此作。局誤『又』。亦作『叉』、『叉』，俱俗體。」

［三七］明州本、毛鈔、錢鈔「瑵」字作「瑵」。顧校同。

［三八］明州本、毛鈔、錢鈔「傑」字作「傑」。濮校同。龐校：「並作『巢』。」

［三九］明州本、毛鈔、錢鈔「藻」字作「藻」。濮校同。

［四〇］明州本、毛鈔、錢鈔「獟」字作「獟」。龐校、濮校同。

［四一］方校：「案：『獪』譌『猥』，據《方言》十正。」

［四二］明州本、毛鈔、錢鈔「㲎」字作「㲎」。余校、韓校、顧校、陸校、龐校、濮校、錢校同。潭州本、金州本作「毣」。方校：「案：宋本及《類篇》『毣』作『㲎』，檢本書《蕩韻》乃朗切『毣』注『毣』作『㲎』，『者』作『兒』，餘竝同。《玉篇》亦有『㲎』無『毣』。此當是傳録之誤。」

三十二晧

［一］明州本、金州本、錢鈔「旰」字作「旰」。陸校同。

［二］某氏校：「『高』當作『高』，『皐』當作『皋』，凡偏旁从此二字者放此，不能罄改也。」

［三］《説文》見《頁部》，注「商」字作「南」。按：明州本、潭州本、金州本、毛鈔、錢鈔「商」字正作「南」。龐校同。與《説文》合。馬校：「案：《玉篇》亦作『南山』，是也。揚雄《解嘲》曰：『四晧采榮淤南山。』《廣韻》作『商山』，今局刻『商山』，或由《廣韻》而誤改宋本也。『顥』與『晧』通。」

［四］陳校：「『澆』，《類篇》作『鐃』。」

［五］明州本、毛鈔、錢鈔注「夕」字作「夂」。余校、段校、衛校、韓校、陸校、龐校、濮校、錢校同。丁校據《説文》改「夕」爲「夂」。方校：「案：『夂』譌『夕』，據宋本及《説文》正。」

［六］明州本、錢鈔「蠶」字作「蠶」，毛鈔作「蠶」。龐校、濮校同。

［七］方校：「案：『鐅』譌『鐅』，據《説文》正。」按：明州本、錢鈔注「鐅」字正作「鐅」。陳校、顧校、龐校、錢校同。

［八］明州本、毛鈔、錢鈔「灝」字作「灝」。陳校、龐校、濮校、錢校同。丁校據《廣雅》改「灝」。方校：「案：『灝』譌『灝』，據宋本及注文正。《廣雅・釋訓》作『灝』，王氏校改『穎』。」

［九］潭州本無注「一」字，空格。明州本、金州本、毛鈔、錢鈔有「一」字。

［一〇］明州本、錢鈔注「禾」字作「木」。陳校、龐校、濮校同。按：《説文・稽部》「𥡴」篆引賈侍中説：「『稽』、『穛』、『𥡴』三字皆木名。」去聲《号韻》後到切：「𥡴，木名。」「木」字是。

［一一］方校：「案：『攷』譌从夂，據《類篇》及本文正。」按：明州本、錢鈔注「攷」字正作「攷」。龐校、濮校、錢校同。

［一二］某氏校：「凡偏旁从『考』者，下皆作『丂』，不作『与』。」

［一三］潭州本注「亦」字作「六」。余校：「『亦』，初印本作『六』，今正。」按：明州本、金州本、毛鈔、錢鈔均作「亦」。

［一四］明州本、金州本、毛鈔、錢鈔「勹」字作「丂」。韓校、陳校、顧校、陸校、龐校、濮校同。馬校：「『丂』，局誤『勹』，《廣韻》作『丂』。」方校：「案：正文『丂』譌『勹』，據宋本及《説文》正。」

［一五］明州本、金州本、毛鈔、錢鈔注「水」字作「木」。衛校、韓校、陳校、陸校、龐校、濮校、錢校同。丁校據《説文》「水」作

「木」。方校：「案：宋本及《説文》皆作『木枯』，今據正。」

[一六] 方校：「案：二徐本同。段氏據《釋木》、《唐風傳》改『槁』。」

[一七] 丁校據《考工記》改「人」作「火」，「嬴」作「贏」。方校：「案：『火』譌『人』。『贏』譌『嬴』，據《考工記・弓人》文正。」按：明州本、金州本、毛鈔、錢鈔注「人」字正作「火」。陸校同。馬校：「『火』，局誤『人』。」衛校、陳校、龐校「嬴」字作「贏」。

[一八] 明州本、毛鈔、錢鈔注「曝」字作「曝」。陳校、陸校、龐校、濮校、錢校同。

[一九] 明州本、錢鈔注「八」字作「大」。龐校。濮校同。誤。潭州本、金州本、毛鈔作「八」。與《説文》同。

[二〇] 明州本、潭州本、金州本、錢鈔「穎」字作「穎」。余校、顧校、濮校、錢校同。

[二一] 明州本、錢鈔注「大」字作「文」，錢校同。潭州本作「太」。並誤。金州本、毛鈔作「大」，不誤。

[二二] 方校：「案：『稽』譌『稽』。『木』譌『禾』，據《説文》正。」按：明州本、毛鈔、錢鈔注「稽」字作「稽」，龐校、濮校同。又明州本、錢鈔注「禾」字作「木」。陳校、龐校、濮校同。

[二三] 方校：「案：『稾』譌『稾』，注『藁』譌『藁』，據《説文》、《類篇》及《禮・郊特牲》釋文正。」按：明州本、毛鈔、錢鈔「稾」字正作「稾」，注「藁」字正作「藁」。余校、龐校、錢校同。

[二四] 方校：「案：『橐』譌『橐』，注『弢』譌『弢』，據《春官・巾車》注正。」按：明州本、金州本、毛鈔、錢鈔「橐」字正作「橐」，注「弢」字正作「弢」。潭州本亦作「弢」。

[二五] 明州本、毛鈔、錢鈔注「裶」字作「裶」。龐校、濮校、錢校同。

[二六] 按：「鰕」當作「鰕」。據《爾雅・釋魚》正。參見前下老切「鰝」字。

[二七] 潭州本「袍」作「袍」，誤。明州本、金州本、毛鈔、錢鈔並作「袍」。

[二八] 方校：「案：『鳥』譌『烏』，據《説文》正。」按：明州本、潭州本、金州本、毛鈔、錢鈔注「烏」字正作「鳥」。陳校、龐校、濮校、錢校同。馬校：「『鳥』，局誤『烏』。」

[二九] 《廣韻》作「鄗」。明州本、毛鈔、錢鈔作「鄗」。陳校、龐校、濮校、錢校同。馬校：「『鄗』，局誤『鄗』。」

[三〇] 陳校：「『䖸』，《類篇》作『䖸』。」

[三一] 顧校「爪」作「瓜」。吕校、馬校、陸校同。

[三二] 明州本、潭州本、金州本、毛鈔、錢鈔注「補」字作「補」。是。

[三三] 方校：「案：『蒧』譌『蒧』，據《説文》正。」按：明州本、錢鈔「蒧」字正作「蒧」。龐校同。

[三四] 明州本、錢鈔「㢋」字作「㢋」。汪校、龐校、濮校同。方校：「案：『㢋』譌『㢋』，據宋本及注文正。」

[三五] 明州本、錢鈔注「任」字作「住」。龐校、濮校同。誤。潭州本、金州本、毛鈔作「任」，不誤。

[三六] 明州本、錢鈔注「曰」字作「也」。誤。潭州本、金州本、毛鈔作「曰」，不誤。

[三七] 明州本、錢鈔注「髻」字作「髻」。誤。潭州本、金州本、毛鈔作「髻」，不誤。

[三八] 明州本、錢鈔注「抱」字作「拘」。濮校同。與正文不相應，誤。潭州本、金州本、毛鈔作「抱」，不誤。

[三九] 陳校：「『白』，《類篇》作『自』。」方校：「案：《廣韻》、《類篇》作『自兔』，當據正。」

[四〇] 明州本、錢鈔注「名」字作「多」。濮校、錢校同。誤。潭州本、金州本、毛鈔作「名」，不誤。

[四一] 方校：「案：『冃』譌『冃』，據《説文》正。」按：明州本、毛鈔、錢鈔正作「冃」。段校同。

[四二] 明州本、毛鈔、錢鈔注「羙」字作「羙」。余校、龐校、濮校同。與《説文》合。潭州本、金州本作「羙」。

[四三] 方校：「案：此本《説文》，《爾雅・釋木》作『旄』，《類篇》誤入《林部》作『林』。林，木盛也。」

[四四] 方校：「案：『苺』譌『母』，據《説文》正。」

[四五] 明州本、錢鈔「㛂」字作「㛂」。龐校同。

[四六] 明州本、錢鈔「䕫」字作「䕫」，注同。濮校同。

[四七] 明州本、錢鈔「䅽」字作「䅽」。濮校同。

[四八] 明州本、錢鈔注「慺」字作「慺」，與正文合，當正。下魯晧切「恅」字注亦作「慺」。

［四九］明州本、錢鈔「慅」字作「慅」，注同。濮校同。

［五〇］方校：「案：《說文》篆作「[illegible]」，注「日」譌「曰」，今正。」按：明州本、毛鈔、錢鈔注「曰」字正作「日」。段校、陸校、龐校、濮校、錢校同。馬校：「「曰」，局作「日」。」

［五一］方校：「案：此當云：「通作澡。」別出「澡」字注：「《說文》：洒手也。」「澡」，《說文》補音子晧切。」

［五二］明州本、金州本、毛鈔、錢鈔注「儈」字作「獪」。陳校、龐校、濮校、錢校同。馬校：「「獪」局作「儈」。」方校：「案：此見《方言》二，「儈」當从宋本及《類篇》作「獪」。又原文云：「秦晉間曰獪，楚謂之剿。」此欠分析。」

［五三］陳校：「「皁」，俗作「皂」。」馬校：「宋凡从「皁」諸字皆如是作，局俱作「皁」，竟爲「白」字頭矣。」

［五四］方校：「案：「樔」譌从手，據《說文》正。」按：明州本、錢鈔注「摷」字正作「樔」。龐校、濮校同。

［五五］方校：「案：「椎」譌「推」，據《說文》正。」按：明州本、毛鈔、錢鈔注「推」字正作「椎」。余校、陳校、龐校、濮校、錢校同。

［五六］方校：「案：「𩕊」譌「𩕊」，據《說文》正。「嘄」與正文「梟」異，當从正文。吴山夫《别雅》：《周禮·太祝》注「祈，嘄也」。釋文：「劉音禱。」葢「嘄」本音驍，劉音禱，即借以爲「禱」字也。」按：明州本、錢鈔「𩕊」字作「𩕊」。龐校、濮校、錢校同。又明州本、潭州本、金州本、毛鈔、錢鈔注「嘄」字作「梟」。陳校、顧校、馬校、龐校、濮校、錢校同。又潭州本「籒」字作「籕」。誤。《集韻》全書作「籒」，當改。

［五七］馬校：「案：司馬長卿《上林賦》：「阜陵别隝。」張平子《西京賦》：「長風激於别隯。」則「隝」「隯」皆「島」之異體也。「嶹」，未詳。《書·禹貢》「鳥夷」，馬、鄭如字，蔡氏傳以「鳥」爲「島」，至衛包徑改經爲「㠀」字。丁所據《禹貢》爲「鳥夷」，釋文未經删改。而「鳥」、「㠀」同字，已非馬、鄭音讀。」

［五八］明州本、金州本、毛鈔、錢鈔「騔」字作「騔」。與注文同。韓校、濮校、錢校同。方校：「案：「騔」譌从口，據宋本及注文正。」

［五九］明州本、錢鈔注「堡」字作「堡」。濮校同。

［六〇］方校：「案：《廣雅·釋詁四》作「𪇆」。」按：明州本、毛鈔「𪇆」字作「𪇆」。潭州本、金州本作「𪇆」。

［六一］明州本、毛鈔、錢鈔注「縣」字作「懸」。陳校、龐校、濮校同。

［六二］明州本、潭州本、金州本、錢鈔「稻」字作「稻」。

［六三］方校：「案：「𥝓」譌「稻」，據《類篇》正。」按：明州本、毛鈔「稻」字正作「𥝓」。陳校、顧校、濮校同。馬校：「「𥝓」，局作「稻」，注同，不成字體。」

［六四］明州本、毛鈔、錢鈔注「二」字作「三」。馬校：「「三」字誤，局作「二」。」按：此小韻實二十三字，潭州本、金州本作「二」，不誤。

［六五］明州本、潭州本、金州本、毛鈔、錢鈔注「洽」字作「治」。段校、陳校、陸校、龐校、濮校、錢校同。馬校：「「治」，局誤「洽」。」

［六六］陳校：「《玉篇》「二」作「四」。」方校：「案：《篇》、《韻》皆云：「馬四歲。」考《周禮·夏官·廋人》「教駣」注引鄭司農云：「馬三歲曰駣，二歲曰駒。」據此，則「二」與「四」皆誤也。《類篇》及本書去聲大到切亦可證。」

［六七］《廣韻》「也」字作「皃」。

［六八］方校：「案：《說文》古體作「𦟝」，《類篇》同。」

［六九］方校：「案：「䕢」譌从竹，據《說文》及本文正。宋本作「藻」，亦誤。」按：蒙所見毛鈔作「䕢」不作「藻」，方氏所見本疑有誤。明州本、錢鈔亦俱作「䕢」。衛校、韓校、陳校、陸校、龐校、濮校、錢校同。馬校：「注中兩「䕢」字局皆誤，當从艸。」丁校據《說文》改「䕢」作「䕢」。

［七〇］馬校：「局「竹」下衍「也」字。」方校：「案：「也」字衍，據《類篇》删。」按：明州本、金州本、毛鈔、錢鈔注俱無「也」字。陸校、龐校、濮校同。

［七一］方校：「案：「欄」譌从手，據《廣韻》、《類篇》正。」按：明州本、潭州本、金州本、錢鈔「攔」字作「欄」。余校、陳校、顧校、陸校、龐校、濮校同。馬校：「从木，《廣韻》同。局从扌，誤。」

[七二] 明州本、毛鈔、錢鈔从「㽙」之字竝作「𠚕」。龐校同。馬校：「宋本凡从『㽙』諸字皆作『𠚕』。局刻皆作『㽙』。案。『𡿺』見《説文・匕部》，此爲正字。《左傳・僖公二十八年》：『盬其腦。』《考工記・弓人》：『蹙於𠟭，遠於𠟭。』『腦』、『𠟭』皆『𡿺』之譌體。《廣韻》已備列『腦』、『𠟭』，不能諟正，而『𣍫』、『䐉』更爲俗字矣。」

[七三] 明州本、毛鈔、錢鈔注「囟」字作「囪」。韓校、陳校、顧校、陸校、龐校、濮校、錢校同。方校：「案：『囪』譌『囟』，據宋本及《説文》正。『𠟭』當从正文作『𠟭』，《考工記・弓人》：『夫角之本，蹙于𠟭，而休于氣。』音義與『𡿺』同。」按：明州本、毛鈔、錢鈔注「𠟭」字正作「𠟭」。

[七四] 方校：「案：正文與注文異，結體竝誤，當从《説文》作『嫍』，从《類篇》作『惱』。」

[七五] 「瑙」字汪校改从「𠚕」，顧校同。

[七六] 陳校：「『䐉』，《類篇》作『𦒉』。『䐉』亦从𦐇。」方校：「案：此二字及下文『䎟』字，《類篇》竝从𦐇，爲是。」

[七七] 陳校：「『䎟』，《類篇》从𦐇。」

[七八] 明州本、錢鈔「白」字作「曰」。誤。潭州本、金州本、毛鈔作「白」。與《類篇》同。

三十三哿

[一] 《方言》見第九，注「湖」字作「湘」。陳校：「『湖』當作『湘』。」許校：「『湖』，今盧本作『湘』，誤。黎刻《玉篇》引作『湖』，與此合。」方校：「案：『湘』譌『湖』，《類篇》同。據《方言》九正。」

[二] 方校：「案：『𢦏』譌从戈，據《廣雅・釋室》正。」按：明州本、金州本、毛鈔、錢鈔「戟」字正作「𢦏」。陳校、龐校、濮校、錢校同。

[三] 方校：「案：《類篇》『轗』作『坎』。」

[四] 明州本、潭州本、金州本、毛鈔、錢鈔注「日」字作「曰」。余校、汪校、韓校、呂校、丁校、龐校、濮校、錢校同。馬校：「『曰』，局誤『日』。」方校：「案：『曰』譌『日』，據宋本及《類篇》正。」

[五] 某氏校：「《説文》作『闁，門傾也。』『閜』見司馬相如《上林賦》『阬衡閜砢』，索隱引郭璞云：『揭孽傾欹貌也。』似『閜』亦有傾義。然既訓門傾，當依《説文》作『闁』。又《説文》『閜，大開也』，叶火下切，與『闁』義異。」

[六] 方校：「案：《廣雅・釋詁三》：『何，擔也。』與此異。」詒讓案：「此條案語手稾本缺，今以意補。」

[七] 方校：「案：《類篇》『礭』作『碓』，誤。」

[八] 方校：「案：『袲』譌『衺』，據《類篇》正。」案：明州本注「衺」字正作「袲」。段校、衛校、陳校、陸校、丁校、龐校、濮校同。

[九] 方校：「案：『袲』从多不从夕。宋本於下文乃可切作『袲』，而局刻下文亦誤。」馬校：「『袲』从多不从夕。宋本於下文乃可切作『袲』，而局刻下文亦誤。」

[九] 方校：「案：『榱』譌从手，據《類篇》及注文正。」按：明州本、潭州本、金州本、毛鈔、錢鈔「搱」字正作「榱」。陳校、濮校、錢校同。

[一〇] 明州本、毛鈔、錢鈔注「技」字作「枝」。段校、陳校、濮校同。方校：「案：『枝』譌从手，據宋本及《詩・萇楚》正。」按：曹本作「技」，顧氏重修本誤作「技」。

[一一] 方校：「案：『亦書作婀』譌『或書作妸』，據《韻會》正。」按：明州本、毛鈔、錢鈔注作「亦書作婀」。段校、陸校、龐校、錢校同。馬校：「云『或省』者，省作『妸』也。云『亦書作婀』者，从『阿』不省也。局刻作『或書作妸』，則誤矣。」

[一二] 明州本、毛鈔、錢鈔「娍」字作「㛾」。顧校、龐校、濮校同。方校：「案：《説文》『一曰』作『或説』，『頓』作『頓』『㛾』作『娍』，當據正。正文『娍』作『㛾』，宋本作『𡜤』，尤誤。」按：蒙所見毛鈔作「娍」，與方氏所見本異。又明州本、錢鈔注「頓」字作「頓」。余校、龐校、濮校、錢校同。

[一三] 方校：「案：『搓』譌『差』，據《類篇》正。」按：平聲《歌韻》牛何切「捘」字注正作「搓」。

[一四] 某氏校：「案：『ナ手』之『ナ』，段改作『左』。案：今之『左右』古止作『ナ又』。今之佑助、佐助之『佑』、『佐』古止作『右』、『左』。『右』見《説文》三篇《又部》，『左』見《説文》五篇部首。『右』下云：『助也。』『左』下云：『手相左助

[一五] 明州本、潭州本、金州本、毛鈔、錢鈔「馳」字作「馳」。顧校、陳校同。
也。』今章奏及通行文字不必泥古，然習小學者正不可不溯其源也。」

[一六] 方校：「案：古體當从《類篇》作『䩞』。」按：明州本、潭州本、金州本、錢鈔正作「䩞」。

[一七] 方校：「案：『兒』譌『皃』，據《類篇》正。」按：明州本、毛鈔、錢鈔注「皃」字正作「兒」。龐校、濮校、錢校同。

[一八] 《博雅》見《釋親》，「父」上、「母」上均有「之」字。

[一九] 方校：「案：柯擊謂以斧柯擊斫也。《廣韻》作『相』，誤。」

[二〇] 方校：「案：《廣韻》『垂』上有『脣』字，《類篇》無。」

[二一] 馬校：「局大字作『磼』，注中『磼阿』皆誤。」按：明州本、潭州本、金州本、毛鈔、錢鈔注「阿」字作「砢」。汪校、韓校、陸校、龐校、濮校、錢校同。陳校作「碋」。方校：「案：『碋』譌『阿』，據司馬相如《梓桐山賦》及《類篇》正。宋本作『砢』，亦誤。」

[二二] 方校：「案：『裹』譌『裒』，據《類篇》及本文正。」按：明州本、毛鈔注「裒」字正作「裹」。衛校、陳校、顧校、陸校、龐校、濮校同。馬校：「『裹』，局作『裒』。」

三十四果

[一] 方校：「案：『贏』譌『嬴』，據《説文》正。『䙴』，宋本同，毛板只作『要』。」按：明州本、潭州本、金州本、毛鈔注「嬴」字正作「贏」。段校、陳校、陸校、龐校、濮校同。馬校：「『嬴』局誤『羸』。」

[二] 余校「敤」作「敤」。方校：「案：『敤』字在《説文·攴部》，此从支，誤。」

[三] 明州本、毛鈔注「禍」字作「禍」。段校、呂校、陸校、濮校、錢校同。馬校：「注中『禍』局誤作『禍』，『通作禍』，『禍』局誤作『媧』，當作『猧』，宋亦誤也。」方校：「案：注『禍』譌『禍』，『猧』譌『媧』，宋本『猧』亦譌『禍』，據《類篇》正。《史》、《漢》『猧』多作『骫』，即『猧』之異文。」

[四] 方校：「案：《説文》『禍』作『猧』，注『屰』譌『芇』，據大徐本正。小徐本及《類篇》並作『逆』。」按：明州本、毛鈔注「芇」字作「屰」。余校、段校、丁校、陸校、龐校、濮校、錢校同。馬校：「『禍』當作『猧』，『芇』乃『屰』之誤，宋亦誤也。」

[五] 呂校：「《説文》作『婐』。」

[六] 余校「婉」作「婉」。與《説文》同。呂校：「宜作『婉』。」

[七] 陳校：「『鬠』當作『鬌』。」龐校：「宋本不似『鬠』字，《類篇》作『鬌』。」按：作「鬌」是。顧況《宜城放琴客歌》：「頭髻鬌鬌手爪長，善撫琴瑟有文章。」正用「鬌」字。

[八] 陳校：「『厄』亦作『戹』。」方校：「案：《説文》『戹』隸當作『厄』，此从厂、从巳，非。『蓋』當从《繫傳》作『盇』，『盇』下二徐本及《類篇》竝有『也』字。」

[九] 馬校：「『頤』當作『頗』，宋亦誤也。孫、郭音五果切。」

[一〇] 方校：「案：訓義見《説文》。《類篇》作『足挑也』，非是。」

[一一] 方校：「案：此係新坿字。」

[一二] 明州本、潭州本、金州本「沒」字作「沒」。余校、韓校、顧校、龐校、濮校、錢校同。

[一三] 陳校：「从彳。」方校：「案：『䌰』譌从糸，據《類篇》正。《玉篇》作『䌰』。『䌰䌰』猶遲遲也。」按：明州本、潭州本、金州本、毛鈔、錢鈔「䌰」字正作「䌰」。龐校、濮校同。

[一四] 方校：「案：『鋃』譌『鎖』，據《類篇》、《韻會》正。」按：曹本如此，顧氏重修本已改。

[一五] 《廣韻》無「名」字。

[一六] 方校：「案：二徐本作『脣』，無『也』字。」按：《廣韻》引亦無「也」字。

[一七] 《説文》見《肉部》，段注據《玉篇》、《廣韻》改「臋」作「臀」。

[一八] 明州本、毛鈔、錢鈔此字併注在「鎖」下「韇」上。陸校、馬校、濮校、錢校同。方校：「案：宋本在『鎖』下『韇』上。」

[一九] 陳校：「《廣韻》作『垩』。」方校：「案：《説文・土部》『垩』从畱省，與『畱』同意，非从寅卯之『卯』。古文作『[illegible]』，从二人，即隸書所从。與下『侳』、『㟇』竝誤，《類篇》作『望』，尤誤。」按：明州本、毛鈔、錢鈔「垩」字作「坙」。

[二〇] 明州本、潭州本、金州本、毛鈔注「朵」字作「朶」。汪校、韓校、龐校、濮校、錢校同。馬校：「注中『朵』字，局作『朶』，誤。」方校：「案：『朵』譌『朶』，據宋本及本文正，依《説文》當㠯『朵』爲正體。」

[二一] 方校：「案：『揣』譌『擩』，據《説文》正。」按：明州本、潭州本、金州本、毛鈔、錢鈔注「擩」字正作「揣」。段校、陳校、陸校、龐校、濮校、錢校同。馬校：「『揣』，局誤『擩』。」

[二二] 方校：「案：『鈌』，《玉篇》作『鈌』，《類篇》作『鈇』，未審所从。」按：《廣韻》作「鈌」。《五音集韻》作「缺」，與王韻同。

[二三] 明州本、錢鈔注「族」字作「族」，潭州本、金州本作「族」。余校作「旋」。

[二四] 方校：「案：『故』當作『敁』。《類篇》作『玷』，本《莊子・知北遊》注，『玷』音點。」按：潭州本、金州本注「故」字作「敁」。段校作「敁」。陸校同。馬校：「『故』當作『敁』，宋亦誤。」

[二五] 明州本、毛鈔、錢鈔「祿」字作「祿」，明州本、毛鈔注同。又注「裲」字作「裲」，「袖」字作「袖」。陳校、顧校、陸校、龐校、濮校同。馬校：「『祿』，局从衤，注从衣之字皆誤从衤。」

[二六] 方校：「案：『科』譌『科』。『杌』譌『机』。據《太玄經》注正。」

[二七] 明州本、毛鈔「堃」字作「堃」。濮校同。

[二八] 方校：「案：《類篇》『聚』作『叢』。」

[二九] 方校：「案：『皃』譌『皃』，『翦』譌『前』，據《類篇》正。」按：明州本、毛鈔、錢鈔注「皃」字正作「皃」。濮校同。又明州本、潭州本、金州本、毛鈔、錢鈔注「前」字仍作「前」。

[三〇] 方校：「案：『車』下奪『笭』字，後杜果切『椭』注『笭』譌『苓』，竝據《説文》、《類篇》補正。」

[三一] 明州本、錢鈔注「穗」字作「積」。龐校、錢校同。按：本韻杜果切「棰」字注亦作「積」。

[三二] 方校：「案：字書無『墯』，當从注文作『憧』，『憧』與『墮』同。《廣韻》、《類篇》實作『墮』。但本音已出『墮』字，不應複出也。」按：明州本、潭州本、金州本、毛鈔、錢鈔正文作「墯」，注「憧」字作「墯」。陳校、龐校、濮校同。馬校：「注『墯』，局誤『憧』。」

[三三] 丁校據《説文》删注中一「外」字。按：明州本、潭州本、金州本、毛鈔、錢鈔注不重「外」字。衛校、吕校、龐校、濮校、錢校同。方校：「案：『外』下複衍『外』字，據宋本删。」

[三四] 《説文》見《山部》，段注：「『隓』、『隓』蓋一字，不當爲二。」下「隓」字當併此。

[三五] 明州本、錢鈔注「隓隓」作「墮墮」。龐校、濮校同。與《説文》合，當正。

[三六] 明州本、錢鈔注「揉」字作「揲」。龐校、濮校、錢校同。按：本韻吐火切「揣」字注正作「揲」。

[三七] 方校：「案：『箛』譌『箛』，據《類篇》正。」按：明州本、錢鈔注「箛」字正作「箛」。顧校、陸校、龐校、濮校、錢校同。馬校：「『箛』局作『箛』。」

[三八] 方校：「案：當从《説文》作『鰕』。卵壞，即《説文》所謂卵不孚也。《類篇》作『鰕』，亦誤。」按：明州本、錢鈔「鰕」字作「鰕」。龐校同。非是。

[三九] 明州本、錢鈔注「夘」字作「夘」。濮校同。

[四〇] 明州本、潭州本、金州本、毛鈔、錢鈔注「羸」字作「羸」。龐校同。當正。

[四一] 方校：「案：『殼』當从《類篇》作『彀』。」按：明州本、潭州本、金州本注兩「殼」字均作「彀」。龐校同。毛鈔白塗未補。

[四二] 方校：「案：『㶊』，段本改『㶊』，大徐本篆體作『[illegible]』，注亦云从歺，羸聲。」

[四三] 方校：「案：『贏』譌从貝，據《廣雅・釋鳥》及本文正。」按：明州本、潭州本、金州本、毛鈔、錢鈔注「贏」字正作「羸」。龐校、錢校同。

[四四] 明州本、潭州本、金州本、毛鈔「鷽」字作「鷽」。龐校同。段校「鄹」作「㔾」。方校：「案：『鷽』譌『鷽』，『㔾』譌『鄹』，據

宋本及大徐本正。」

[四五]《說文》見《肉部》，「亷」作「亷」，「獸」字作「嘼」，上有「或曰」二字。段注：「『亷』爲『羸』之古字與？驢、羸皆可畜於家，則謂之畜，宜也。」方校：「案：『亷』見《肉部》，下从肉从丮，『丮』或省作『丮』，此从『丸』，誤。」

[四六]方校：「案：『虒』譌从广，據《類篇》正。」按：潭州本、金州本、毛鈔注「虒」字正作「虒」。陳校、濮校同。馬校：「『虒』，局誤『虒』。」丁校據《爾雅》《說文》改「虒」作「虒」。

[四七]余校「妮」作「妮」，注同。呂校同。

[四八]呂校「扼」改「扼」。

[四九]方校：「案：『坞』譌从呂，據《類篇》正。」按：毛鈔注「坞」字正作「坞」。陳校同。

三十五馬

[一]方校：「案：大徐本古文『馬』作『影』，小徐及段本同。參隸體當作『影』，此作『影』，非。籀文『馬』二徐本竝作『影』，段氏校改『影』，與此及《玉篇》、《類篇》合。」按：明州本、毛鈔、錢鈔「影」字作「影」。龐校、濮校同。

[二]顧校注「毌」字改「母」。

[三]明州本、金州本、毛鈔注「郇」字作「郈」。汪校、韓校、陳校、龐校、濮校、錢校同。余校：「《地理志》作『郈鄏』。」方校：「案：『郈』譌『郇』，據宋本及《漢書·地理志》正。郈鄏縣屬犍爲郡。」

[四]明州本、潭州本、金州本、毛鈔、錢鈔注「曰」上有「一」字。韓校、龐校同。方校：「案：『曰』上奪『一』字，據宋本及《類篇》補。」

[五]明州本、錢鈔「魯」字作「魯」。濮校：「此字殘。」按：潭州本、金州本、毛鈔作「魯」。與《廣韻》同。

[六]方校：「案：『稅』譌从手，據《方言》七正。《類篇》作『挩』，亦誤。」

[七]明州本、潭州本、金州本、毛鈔、錢鈔注「篤」字作「蔫」。衛校、韓校、陳校、顧校、陸校、馬校、龐校、濮校同。丁校據《說文》作「蔫」。方校：「案：『蔫』譌从竹，據宋本及《說文》正。」

[八]馬校：「案：《說文》：『𢅃，富𢅃𢅃皃。从奓，單聲。』丁可切。蓋字从單聲，音轉讀如多，非以『奓』諧聲也。『𢅃』，哿韻，典可切，不誤。而《馬韻》齒者切實仍《玉篇》、《廣韻》昌者一切之誤，當刪。」

[九]明州本、錢鈔「哆」、「侈」作「哆」、「侈」。顧校同。

[一〇]陳校：「按：『潳』同『潳』，入《麻韻》陟加切。」

[一一]馬校：「案：『奓』即『奢』字，不从多爲聲。齒者切，古音也。」

[一二]毛鈔注「聲」上有「𥸨」字。余校、陳校俱補「𥸨」字。馬校：「『𥸨』字局脫。」方校：「案：既全録《說文》，則『𥸨』當首列，『𥸨』下从白，不从白聲，上當依宋本補『𥸨』字，參隸體當作『𥸨』，此作『𥸨』，亦非。」

[一三]方校：「案：《說文》無『一曰』二字。『䄅』，二徐本竝从示，段氏據此訂正。《類篇》作『䄅』，尤誤。」

[一四]「方校：案：『諗』當从《類篇》作『諗』。」按：明州本、錢鈔注「諗」字正作「諗」。龐校同。

[一五]明州本、潭州本、金州本、毛鈔、錢鈔注「汎」字作「汎」。汪校、龐校同。

[一六]明州本、毛鈔「䱹」字作「䱹」。韓校、陳校、龐校同。方校：「案：『鮺』，《說文》作『鮺』，隸作『鮺』，蓋从魚，差省聲也。此不省，非是。『䱹』當从宋本作『䱹』。『藏』，段校本改『臧』。」

[一七]方校：「案：《廣雅·釋詁二》『羨』作『羡』，王氏校本訓乾。」

[一八]方校：「案：『觰』譌从虘，據《廣韻》正。《類篇》作『觰』，亦誤。」

[一九]《莊子·讓王》：「道之真以治身，其緒餘以爲國家，其土苴以治天下。」釋文：「苴，側雅反。司馬云：『土苴如糞草也。』」注「和」字當依此作「如」。

[二〇]余校「山」下增「木」字。陳校同。方校：「案：二徐本『山』下有『木』字。段氏依宋本《說文》及此書刪。《類篇》引春

秋《國語》『槎』下有『糵』字。」

[二一] 方校：「案：『諼』及下文『傻』竝譌从叜，據《類篇》、《韻會》正。」

[二二] 明州本、錢鈔注「雌」字作「頔」。濮校、錢校同。誤。潭州本、金州本、毛鈔作「雌」。《玉篇・石部》：「硳，叉瓦切。好雌黄也。」

[二三] 明州本、潭州本、金州本、毛鈔、錢鈔「嗖」字作「嗖」。韓校、龐校、濮校、錢校同。馬校：「凡从『叜』字皆無下一畫，局刻亦唯此字作『嗖』。」

[二四] 明州本、潭州本、金州本、錢鈔注「絲」字作「絲」。顧校同。

[二五] 方校：「案：『著』，《廣韻》、《類篇》同，當从前展賈切作『箸』爲是。」按：曹本作「著」，顧氏重修本已改。

[二六] 方校：「案：『磣』譌『磣』，據《玉篇》、《類篇》正。」按：明州本、潭州本、金州本、毛鈔、錢鈔注「磣」字正作「磣」。段校、陳校、陸校、龐校、濮校、錢校同。馬校：「『磣』，局誤『磣』。」

[二七] 方校：「案：『粘』當从《類篇》作『黏』。」按：平聲《麻韻》陟加切「𪏮」字注云：「𪏮𪏮，相黏也。」似當於「黏」字上補「相」字。

[二八] 明州本、潭州本、金州本、錢鈔注「著」字作「箸」。龐校、濮校同。參見前女下切「絮」字注。《廣韻・馬韻》竹下切「䋓」字注亦誤作「著」。

[二九] 《類篇・黍部》「𪏮」字注「粘」字作「黏」，上有「相」字，當據增補。

[三〇] 《麥韻》陟革切「膈」字訓「挑取骨間肉」。義較明晰。

[三一] 陳校：「《廣韻》作『䆉』。」方校：「案：《類篇・米部》、《禾部》均無此字。」

[三二] 陳校：「『壄』，从予。」按：《說文・里部》：「『壄』，古文『野』，从里省，从林。」

[三三] 明州本、潭州本、金州本、毛鈔、錢鈔「芒」字作「芑」。段校、汪校、陳校、陸校、龐校、濮校、錢校同。方校：「案：字在《說文・乀部》，『乀』音弋支切。『[illegible]』，篆文也。『[illegible]』，秦刻石也。此『芒』當作『[illegible]』，宋本作『芑』，亦誤。」

[三四] 明州本、潭州本、金州本、錢鈔注「熊」字作「態」。余校、段校、陳校、陸校、龐校、濮校、錢校同。馬校：「『態』，誤『熊』。」方校：「案：『態』譌『熊』，據宋本及《類篇》、《韻會》正。」

[三五] 陳校：「『蛭』作『咥』，从口。《廣韻》从虫。」方校：「案：《類篇》『蛭』作『咥』。」

[三六] 明州本、潭州本、金州本、毛鈔、錢鈔注「媢」字作「媚」。衛校、韓校、陳校、龐校、濮校、錢校同。方校：「案：『媚』譌『媢』，據宋本正。《類篇》無此四字。」

[三七] 毛鈔「憂」字作「憂」。顧校、龐校、濮校、錢校同。丁校據《說文》从頁。又明州本、潭州本、金州本、毛鈔、錢鈔「皇」字作「倉」。汪校、龐校、濮校同。又明州本、潭州本、金州本、毛鈔、錢鈔注「臼」字作「臼」。馬校：「『憂』，局作『憂』，非。注中『亰』誤『夏』。兩『臼』字皆誤『臼』。」方校：「案：『憂』譌『憂』，『倉』譌『皇』，『夂』譌『夂』，『亰』譌『夏』，『臼』譌『臼』，據宋本及《說文》正。」

[三八] 明州本、錢鈔作「西」。濮校同。潭州本、金州本、毛鈔作「襾」。

[三九] 明州本、潭州本、金州本、錢鈔注「熱」字作「熱」。濮校同。

[四〇] 方校：「案：本注及下『跒』注『𨀕』，《類篇》止作『𨀕』。」按：明州本、潭州本、金州本、毛鈔、錢鈔注「𨀕」字正作「𨀕」。陳校、龐校、濮校同。

[四一] 某氏校：「『賈』上从襾，不从西。凡从『賈』者放此。『襾』，許下切。」

[四二] 明州本、毛鈔、錢鈔「叚」字作「㫗」，注「叚」字作「㫗」。余校、龐校、濮校、錢校同。馬校：「注『㫗』，局作『叚』，誤。」方校：「案：『叚』當从宋本及正文作『㫗』。又《說文》古文『叚』作『[illegible]』，《類篇》亦有之，此失收。」

[四三] 明州本、潭州本、金州本、毛鈔、錢鈔注「余」字作「荼」。衛校、陳校、顧校、陸校、龐校、濮校、錢校同。汪校：「加艹。」馬校：「局脱从艹，作『余』。」方校：「案：『荼』譌『余』，據宋本及《爾雅・釋木》正。」

[四四] 方校：「案：《釋魚》釋文止户加反一音。」

[四五] 方校：「案：『掠』譌从木，據《類篇》及本文正。」按：明州本、潭州本、金州本、毛鈔、錢鈔注「椋」字正作「掠」。陳校、

陸校、龐校、濮校同。馬校：「注『掠』，局誤从木。」

[四六] 段校注「鼓」字作「鼔」。陳校同。方校：「案：『鼔』譌『鼓』，『鳴』譌『鳴』，據《類篇》正。」按：明州本、毛鈔、錢鈔注「鳴」字正作「鳴」。汪校、陳校、龐校、濮校同。

[四七] 方校：「案：『鸒』譌从馬，據《類篇》及《莊子・逍遥遊》正。」按：明州本、潭州本、金州本、毛鈔、錢鈔注「鸒」字正作「鸒」。陳校、龐校、濮校、錢校同。

[四八] 明州本、潭州本、金州本、毛鈔、錢鈔注「天」字作「大」。段校、汪校、韓校、陳校、陸校、龐校、濮校、錢校同。馬校：「『大』，局誤『天』。」方校：「案：『大』譌『天』，據宋本及《説文》正。段校本作『大雅』。」

[四九] 明州本、潭州本、金州本、毛鈔、錢鈔「竌」字作「竌」，注同。韓校、龐校、濮校、錢校同。汪校改从丸。馬校：「局作『竌』，注同。」

[五〇] 明州本、潭州本、金州本、毛鈔、錢鈔「㼘」字作「㼘」。顧校、龐校、濮校、錢校同。汪校从「杲」改从「果」。馬校：「『㼘』，局誤『㼘』。」方校：「案：『㼘』譌『㼘』，據宋本及注文正。」

[五一] 明州本、毛鈔注「袓」字作「袓」。陸校、龐校同。

[五二] 陳校：「『屄』，《廣韻》从尸。」許校：「勤案：《字典・尸部》『屄』引《方言》與此同，又引《集韻》『或作屪』。」方校：「案：《方言》四舊本同，盧氏校改『屄』，《類篇》从之。」

[五三] 方校：「案：《廣韻》『鮭，胡瓦切』，注同。此與《類篇》竝从魚，葢即『鮭』字譌文也。」

[五四] 方校：「案：『踬』譌『踬』，據《類篇》正。」按：明州本、毛鈔注「踬」字正作「踬」。陳校、龐校同。

[五五] 陳校：「『午』从反『夂』，不出頭。」方校：「案：『午』在五篇《夂部》，从反『夂』。此作『牛』，誤。『㐄』亦未詳所出。《類篇》以『午』爲正體，『㐄』爲或體，較是。」

[五六] 明州本、潭州本、金州本、毛鈔、錢鈔注「夫」字作「大」。余校、韓校、陳校、龐校、濮校、錢校同。方校：「案：『大』譌『夫』，據宋本及《吕覽・下賢》注正。」

[五七] 余校从「刀」。方校：「案：《説文》作『[illegible]』，故有从須之訓，此从隸省，下从刀，不从力。」按：明州本、潭州本、金州本、毛鈔、錢鈔「寡」字正作「寡」，从刀。濮校、錢校同。

[五八] 方校：「案：《類篇》『跀』作『踻』，注同。」按：《類篇・足部》「跀」字同，「踳」字下作「踻」。

[五九] 方校：「案：『冎』當作『冎』，『骨』下《説文》有『也』字，《類篇》同。」

[六〇] 方校：「案：『丫』譌『𠁧』，據《説文》正。」按：明州本、錢鈔「𠁧」字正作「丫」。龐校、錢校同。

[六一] 余校、衛校、陳校、龐校、濮校注「也」字作「巳」。方校：「案：『瓦』譌『瓦』，『巳』譌『也』，『總』譌『總』，據《説文》正。」按：明州本、毛鈔、錢鈔「瓦」字正作「瓦」。

[六二] 丁校據《廣雅》改「䕭」。方校：「案：『諜』字誤，《類篇》作『䕭』，據《廣雅・釋器》當作『䖇』。」按：明州本、毛鈔注「諜」字作「諫」。段校、衛校、龐校、錢校同。馬校：「『諜』當作『䕭』，宋亦誤。」

三十六養

[一] 方校：「案：『搔』譌『橀』。據《説文》正。」按：顧氏重修本作「搔」，明州本、毛鈔、錢鈔注作「搔」。余校、陳校、陸校、龐校、濮校、錢校同。

[二] 汪校朱箋：「『三季之『季』，曹本作『季』，宋本作『季』。」按：明州本、錢鈔注「季」字正作「季」。濮校、錢校同。

[三] 明州本、錢鈔注「未」字作「木」。龐校、濮校同。誤。潭州本、金州本、毛鈔注作「未」。與《説文》同。

[四] 明州本、潭州本、金州本、毛鈔、錢鈔注「蘗」字作「蘗」，除潭州本外「擢」字皆作「櫂」。陳校同。顧校、陸校、濮校作「蘗」。方校：「案：注『蘗』譌『蘗』，『櫂』譌『擢』，據宋本正。」

[五] 余校：「並从二入。」

［六］明州本、潭州本、金州本、毛鈔、錢鈔注「伎」字作「伎」。汪校、陸校、龐校、濮校、錢校同。陳校作「伎」。「伎」當是「伎」之壞字。馬校：「『伎』，局誤『伐』，《類篇》云『伎倆也』，無『功』字。」方校：「案：『伎』譌『伐』，衍『功』字，據宋本及《類篇》刪正。」

［七］明州本、毛鈔、錢鈔「袻」字作「裲」，注同。注「襠」字作「襠」。陳校、龐校、濮校同。又「袹」字，明州本、錢鈔作「袹」。陸校、龐校、濮校同。龐校：「並从衣。」與《廣雅・釋器》同。

［八］《玉篇・木部》、《廣韻》並有「樠」字。注並云：「松脂。」馬校：「『㮕』即『樠』字之誤也。《廣韻・元韻》：『樠，松心，又木名也。』《養韻》：『樠，松脂。』松脂松心謂之樠，松心有脂亦謂之樠。《左氏傳》有樠木，《後漢書・馬援傳》有樠溪，字皆作『樠』，或誤作『㮕』，乃入《養韻》，《集韻》正仍其誤。」

［九］明州本、錢鈔注「蜽」字作「蜽」。龐校、濮校同。「蜽」乃「蜽」字之誤，作「蜽」與《說文》合。

［一〇］方校：「案：《左・宣十二年傳》作『兩馬』。釋文：『徐邈云：兩或作掚。』《周禮・夏官・環人》掌致師注引同此。注从人，誤。」按：明州本、金州本、毛鈔、錢鈔注「倆」字正作「掚」。陳校、陸校、龐校、錢校同。馬校：「注『掚』，局从人，誤。」

［一一］陳校注「鞅」作「鞅」。顧校同。馬校：「『鞅』當作『鞅』，宋亦誤。」方校：「案：『鞅』譌『鞅』，《廣韻》、《類篇》同，據《說文》正。」

［一二］方校：「案：『秧』譌『秋』，據《篇》、《韻》及本文正。」按：明州本、潭州本、金州本、毛鈔、錢鈔注「秋」字作「秧」。陳校、顧校、陸校、龐校、濮校、錢校同。

［一三］馬校：「《漢書・揚雄傳》《甘泉賦》：『列宿乃施於上榮兮，日月纔經於央根。』服虔曰：『央，中央也。』『央根』與『上榮』對文，『央』字不當作『柍』。《西京賦》：『消雰埃於中宸。』中宸猶央根，今《漢書》作『柍』字。《集韻》爲俗本《漢書》所惑。王念孫說《廣韻》有『柍』字，則『央』之加『木』旁，其誤久矣。」

［一四］陳校：「『踏』，《山海經》作『躍』。」

［一五］方校：「案：《類篇》同，《廣韻》『鸞』作『鸞』。」

［一六］方校：「案：下『曰』字當作『謂』，《韻會》可證，《類篇》『謂』上誤衍『一』字。」

［一七］方校：「案：《類篇》『殭』作『僵』。」按：明州本、毛鈔、錢鈔注「殭」字作「殭」。

［一八］方校：「案：『淅』譌『浙』，據《說文》正。」按：毛鈔注「浙」字正作「淅」。汪校、陳校同。馬校：「『淅』，局誤『浙』。」

［一九］《類篇》同。引《周禮》見《地官・草人》，「疆」字作「强」。阮元校勘記：「（彊字）《釋文》、《羣經音辨》皆誤作『疆』，从土。宋本載音義作『彊』，不誤。」

［二〇］方校：「案：『鏹』譌从金，據《類篇》正。」按：明州本、毛鈔、錢鈔注「鏹」字正作「𩞄」。陳校、龐校、濮校、錢校同。

［二一］明州本、錢鈔「甄」字作「甄」。龐校：「並从爻。」

［二二］衛校：「注『瑳』字作『瑳』，从土。」陳校：「『瑳』，《說文》作『磋』，同。」丁校同。方校：「案：『瑳』，宋本及《類篇》同。俗本《說文》作『磋』，『磋』字許書所無。」

［二三］明州本、潭州本、金州本注「㝔」字作「突」。余校、段校、汪校、韓校、龐校、濮校、錢校同。馬校：「『突』，局誤『㝔』。」

［二四］方校：「案：此係新坿字。」

［二五］方校：「案：『爪』當从《說文》作『爪』。」按：明州本、潭州本、金州本、毛鈔、錢鈔「爪」字正作「爪」。顧校、龐校、濮校、錢校同。

［二六］明州本、金州本、錢鈔「抓」字作「抓」。顧校同。

［二七］方校：「案：『皆』譌『皆』，據《廣韻》正。《類篇》作『皆』，亦誤。」龐校作「皆」。

［二八］某氏校：「《說文》三篇《㸚部》『爽，明也。从㸚从大』。但中从四『人』則誤矣。」

［二九］方校：「案：『㒲』譌『㒲』。據《類篇》正。」

［三〇］方校：「案：『名』譌『皃』，據《類篇》正。」

［三一］方校：「案：『淨』譌『浮』，據《方言》十三正。」

[三二] 明州本、金州本、毛鈔、錢鈔注「縣」字作「䋣」。陳校、顧校、陸校、龐校、濮校、錢校同。方校：「案：『䋣』譌『縣』，據宋本及《類篇》正。『䋣』字入《類篇》六篇《叒部》。」

[三三] 《廣韻》注「也」字作「皃」。

[三四] 方校：「案：『弘』譌『引』，據《類篇》正。」按：曹本作「引」，顧氏重修本作「乢」。明州本、毛鈔、錢鈔注「乢」字作「弜」。顧校、龐校、濮校、錢校同。陳校作「弘」。馬校：「『弜』，宋人避諱字。」又明州本、毛鈔、錢鈔注「無」字作「无」。陸校、龐校、濮校、錢校同。馬校：「『无』，局作『無』。」

[三五] 方校：「案：卷一《南山經》鳥名鵖鴿。舊本同。畢氏據《廣雅》、《玉篇》改『鵖』爲『鴝』。此書束于聲韻，姑仍其舊。」按：《山海經·南山經》：「（基山）有鳥焉，其狀如雞而三首六目，六足三翼，其名曰鵖鴿，食之無卧。」郝氏箋疏本亦作「鴝」。《御覽》卷五百零四引《山海經》同。此當據誤本《山海經》。《薛韻》必列切收「鴝」字。此字當删。

[三六] 余校並从良。陳校：「从皀。」又見去聲《漾韻》許亮切。

[三七] 明州本、潭州本、金州本、毛鈔、錢鈔注「醓」字作「醠」。段校、韓校、陳校、龐校、濮校、錢校同。方校：「案：『醠』譌『醓』，據宋本及《類篇》正。」

[三八] 方校：「案：大徐本及《類篇》『搄』竝作『搄』，段氏改『搄』。『類』當从大徐本作『頪』。」按：明州本、毛鈔、錢鈔注「搄」字正作「搄」。陳校、陸校、龐校同。「類」字顧氏重修本已改。

[三九] 明州本、毛鈔、錢鈔「襁」字作「襁」。陸校、龐校、濮校、錢校同。馬校：「『襁』，局誤从示旁。」

[四〇] 明州本、潭州本、金州本、毛鈔、錢鈔「襁」字作「襁」。韓校、陳校、龐校、濮校、錢校同。馬校：「『襁』作『襁』，注『襁』字亦誤作『襁』。」方校：「案：重文『襁』當从宋本及《類篇》作『襁』。」

[四一] 《左傳》、《公羊傳》、《穀梁傳》皆作「伯堅」。疑此「絙」爲「絙」字之誤。平聲《先韻》經天切：「經，緊也。或作絙，通作堅。」《玉篇》已誤。此字當删。

[四二] 毛鈔注「惣」字作「捴」。韓校同。方校：「案：宋本及《類篇》『惣』作『捴』。」

[四三] 方校：「案：『螽』譌『蠭』，據《爾雅·釋蟲》正。」

[四四] 方校：「案：『褱』譌『褢』，據大徐本正，小徐本作『抱』。」按：明州本、毛鈔注「褢」字正作「褱」。段校、龐校同。

[四五] 馬校：「『褱』，局誤『褢』。」

[四六] 方校：「案：《廣雅·釋艸》葟，王氏據此及《類篇》補。」

[四七] 方校：「案：此字見《徐无鬼篇》，釋文：償，時亮反，又音賞。」

[四八] 明州本、潭州本、金州本、毛鈔、錢鈔注「絲」字作「絲」。濮校同。

某氏校：「『罔』、『罡』、『罔』《説文》作『罔』、『罡』、『罡』，今據改。」按：明州本、潭州本、金州本、毛鈔、錢鈔「罔」字作「罔」，「罡」字作「罡」。龐校、濮校同。馬校：「『它』，此字从冂，不當从宀，宋亦誤。」

[四九] 方校：「案：《類篇》『室』入《壬部》，此下从王，非。」

[五〇] 方校：「案：『魍』譌『魍』，據《類篇》及《一切經音義》卷二、卷六正。『憂』當依《説文》作『夒』。」馬校：「『夒』上當有『怪』字，宋本脱也。『憂』，『百』上應有兩點，局作『憂』。兩『蝄』字局作『蝄』。」

[五一] 余校「功」作「工」。方校：「案：『工』譌『功』。據《説文》正。『搏』，舊作『搏』，段氏據此及《類篇》定作『搏』。今檢《考工記》釋文，李音團，則字當从專；劉音博，則字从尃：二體各有所本也。」

[五二] 方校：「案：『梽』右从『㞷』，从㞢在土上，此上从山，下从主，大謬。」按：明州本、金州本、錢鈔「梽」字作「梽」。顧校同。按：凡从「㞷」字顧校均作「㞷」。

[五三] 方校：「案：『鴈』譌『鴈』，據《類篇》正。」按：明州本、毛鈔、錢鈔注「鴈」字正作「鴈」。段校、龐校同。

[五四] 方校：「案：《類篇·欠部》此字失收，《廣韻》音訓與此同。」

[五五] 方校：「案：此與上訓放之『敱』複，當併爲一字，以『敱』爲正體。云：『《説文》放也。又曲侵也。或作敱。』」

[五六] 明州本、錢鈔注「往」字作「去」。龐校、濮校、錢校同。

[五七] 陳校：「《禮韻》作『怳』，同。」

［五八］顧校：「凡『倉』均作『倉』。」

［五九］方校：「案：《説文》作『兎』，『亢』，下俱从古文『人』，《類篇》作『㐆』、『亢』，此誤。」

［六〇］明州本、毛鈔、錢鈔注「涱」字作「張」。韓校、陳校、龐校、濮校、錢校同。方校：「案：『張』譌『涱』，據宋本正。」

［六一］方校：「案：『古文』下奪『上』字，據大徐本補。」

［六二］明州本、潭州本、金州本、毛鈔、錢鈔注「外」字作「升」。余校、韓校、陳校、龐校、濮校、錢校同。馬校：「凡宋『升』局俱作『升』，此處竟誤『外』字矣。」方校：「案：『升』譌『外』，據宋本及《易·需卦》釋文干注正。」

［六三］方校：「案：『儻』譌『儻』。據《類篇》正。」按：明州本、毛鈔「儻」字正作「儻」。龐校同。

［六四］余校：案：「《地理志》漁陽郡有獷平縣。」

［六五］明州本、毛鈔、錢鈔注「也」字作「文一」。段校：「『也』字作『文一』。」陸校、龐校、濮校同。馬校：「局刻『文一』兩字誤作『也』。」

三十七蕩

［一］方校：「案：『湯』《韻會》引作『湯』，《類篇》正文與此同，注亦云：『或从揚。』」

［二］明州本、潭州本、金州本、毛鈔、錢鈔注「朗」字作「朗」。缺筆。顧校、龐校同。錢校：「『朗』皆作『朗』，缺筆。」

［三］丁校據《詩傳》《説文》作「璆珌」。方校：「案：『璆珌』竝譌从石，據《説文》正。」按：明州本、毛鈔、錢鈔注正作「璆珌」。陳校、龐校、濮校、錢校同。潭州本、金州本注作「磟珌」。

［四］方校：「案：《廣雅·釋詁一》作『瀊』。」

［五］方校：「案：《廣雅·釋詁二》作『橡』。」

［六］方校：「案：『梾』字斷爛，據《類篇》補。」按：顧氏重修本字跡清晰。

［七］陸校「助」作「助」。

［八］吕校：「宜作『筩』。」方校：「案：『筩』譌从角，據《説文》、《類篇》正。」按：明州本、毛鈔、錢鈔注「筩」字正作「筩」。余校、陳校、龐校、濮校同。

［九］方校：「案：『易』當从《類篇》作『易』。」按：明州本、毛鈔、錢鈔注「易」字正作「易」。濮校同。

［一〇］明州本、毛鈔、錢鈔注「軌」字作「軌」。濮校同。

［一一］方校：「案：『儻』譌『㒓』，據《類篇》及本文正。」按：明州本、毛鈔、錢鈔注「㒓」字正作「儻」。龐校、濮校、錢校同。

［一二］明州本、潭州本、金州本、毛鈔、錢鈔注「蓂」字作「奠」。濮校同。

［一三］吕校：「宜作『筩』。」陳校：「『筩』同『桶』。」

［一四］明州本、毛鈔、錢鈔注「朗」字作「朗」。龐校、濮校同。段校：「宋聖祖諱『朗』，故凡『朗』字缺筆作『朗』。」非从刀，宋本不誤。」馬校：「凡从『朗』諸字作『朗』，爲宋聖祖諱，缺筆也。非从刀，宋本不誤，局刻均誤。」

［一五］方校：「案：『恨』譌『恨』，『也』譌『皃』，據《類篇》正。」按：明州本、潭州本、金州本、毛鈔、錢鈔注「恨」字正作「恨」。陳校、龐校、錢校同。

［一六］馬校：「此『梛』字乃『梛』字之誤。『梛』、『㰶』同字，其誤始於《後漢書·馬援傳》劉尚擊武陵五溪蠻，章懷太子注引《水經》云：『武陵有五溪，謂雄溪、㰶溪、西溪、潕溪、辰溪，悉是蠻夷所居，故謂之五谿蠻，皆槃瓠之子孫也。』土俗『雄』作『熊』，『㰶』作『朗』，『潕』作『武』，在今辰州界，是土俗以『㰶』爲『朗』。《左傳》『㰶』本音郎蕩反，陸氏乃襲其誤耳。《廣韻》作『梛』，《集韻》又據《廣韻》不能諟正。『㰶』與『蒞』、『瑞』皆萳聲，讀如『維驀維芑』之『驀』。『瑞』見《詩》，與『哼』、『奔』爲韻，可以正其讀矣。」

［一七］方校：「案：『萛』譌从艮，據《説文》正。」按：明州本、潭州本、金州本、毛鈔、錢鈔「萛」字正作「萛」。韓校、陸校、濮校同。

［一八］明州本、毛鈔、錢鈔「裩」字作「裩」，注「裩襍」作「裩襍」。陳校、陸校、龐校同。《類篇・衣部》同。

［一九］方校：「案：『㡘』譌从竹，據《類篇》正。」按：明州本、潭州本、金州本、毛鈔、錢鈔注「簾」字正作「㡘」。龐校、濮校、錢校同。

［二〇］方校：「案：此見《莊子・齊物論》釋文，徐讀莽朗。」

［二一］明州本、毛鈔、錢鈔注「迥」字作「迴」。陳校、龐校、濮校同。《類篇》同。

［二二］方校：「案：《類篇》作『髮囊』，今據正。前蒲光、蒲庚二音亦可參攷。」按：明州本、毛鈔「鬘」字正作「髮」，注同。龐校、濮校同。

［二三］明州本、錢鈔注「墓」字作「墓」，濮校同。誤。潭州本、金州本、毛鈔作「蟇」。

［二四］明州本、毛鈔、錢鈔「莽」字作「莽」，明州本、毛鈔注同。陳校、顧校、龐校同。馬校：「凡从『莽』諸字，宋本皆从犬，是也。局俱少點。」

［二五］明州本、毛鈔、錢鈔注「罒」字作「四」。陸校、龐校同。

［二六］方校：「案：『鈷』譌『鉆』，據《篇》、《韻》正。」按：明州本、潭州本、金州本、毛鈔、錢鈔注「鉆」字正作「鈷」。陳校、呂校、陸校、龐校、濮校同。馬校：「『鈷』，局作『鉆』。」

［二七］明州本、錢鈔注「䒏」字作「䒏」，濮校同。誤。潭州本、金州本、毛鈔作「䒏」。某氏校：「『䒏艴』，《玉篇》、《廣韻》皆云『無色』。此云『色晴』，又是一義。或『晴』乃『暗』字之譌邪？」

［二八］方校：「案：『怱』譌『忽』，據《類篇》正。《莊子・天地》釋文：郭武蕩反。與此母朗切有微、明之别。」按：毛鈔注「忽」字正作「怱」。陳校、龐校、濮校同。

［二九］方校：「案：『名』譌『多』，據《類篇》正。」按：明州本、毛鈔、錢鈔注「多」字正作「名」。錢校同。馬校：「局誤『名』爲『多』。」

［三〇］明州本、潭州本、金州本、毛鈔、錢鈔注「頟」字作「頟」。余校、衛校、韓校、陸校、龐校、濮校、錢校同。方校：「案：

『頟』譌『頟』，據宋本及《説文》正。《類篇》作『額』，俗。」

［三一］段校作「𩦁」。陸校同。馬校：「《廣韻》作『𩦁』，是。」龐校：「宋本同，應从壴。」方校：「案：『𩦁』譌从豆，據《篇》、《韻》、《類篇》正。」

［三二］明州本、潭州本、金州本、錢鈔注「皷」字作「鼓」。龐校、濮校同。

［三三］馬校：「案：《模韻》：『駔，馬壯。』則此『牡馬』乃『壯馬』矣。『駔』不應入《蕩韻》，蓋《説文》『壯馬』一本作『奘馬』。『奘』有子朗切，因爲『駔馬』之音，《玉篇》、《廣韻》皆云『駔』又子朗切，而《集韻》子朗切下有『𡘙』，在朗切『奘』下有『駔』，益不可解。」

［三四］方校：「案：『胖』譌『胖』，據《類篇》正。後下朗切『骯』注宋本及《類篇》『髒』作『髒』，與前母朗切『髒』合，當各仍其舊。」按：明州本、潭州本、金州本、毛鈔、錢鈔注「胖」字正作「胖」。余校、汪校、韓校、陳校、龐校、濮校、錢校同。

［三五］方校：「案：『大』譌『犬』，據《類篇》正。」按：明州本、毛鈔、錢鈔注「犬」字正作「大」。余校、顧校、陸校、龐校、錢校同。馬校：「『大』，局誤『犬』，《姥韻》『大』不誤。案：『𡘙』是『將且』二字。《爾雅・釋言》：『奘，駔也。』樊光、孫炎本並作『將且』也。釋文云：『沈集眾本合爲一字。』然則誤始於沈旋矣。《廣韻》不收。」

［三六］方校：「案：二徐本注『奘』作『駔』，『从大』作『从亣』。『亣』，籀文『大』，與『大』字均在十篇而各自爲部。」

［三七］馬校：「案：《説文・亣部》：『奘，駔大也。』『駔大』猶『奘大』。《廣韻》：『奘，大也。』《集韻》因之而删《説文》之『駔』，遂以『駔』爲『奘』之或體，則惑之甚矣。」

［三八］方校：「案：『下』譌『中』，據《類篇》、《韻會》正。」按：明州本、金州本、錢鈔注「中」字正作「下」。陳校、顧校、龐校、濮校、錢校同。余校作「胡」，蓋據《廣韻》。

［三九］明州本、毛鈔、錢鈔注「髒」字作「髒」。韓校、錢校同。馬校：「『髒』，局作『髒』。宋誤。下文口朗切『骯髒』不誤。」

［四〇］方校：「案：『迹』譌『远』，據《爾雅・釋獸》音義及《説文》正。」

［四一］方校：「案：『翃』譌从古，據《玉篇》、《類篇》正。」按：潭州本、金州本、毛鈔注「翃」字正作「翃」。陳校、顧校、龐校、陸校、

[一二] 明州本、潭州本、金州本、毛鈔、錢鈔注「盆」字作「𥦁」。余校、衛校、陳校、龐校、濮校、錢校同。馬校：「『𥦁』，局作『盆』，不成字。」丁校據《廣雅》「盆」作「𥦁」。方校：案：「『𥦁』譌『盆』，據宋本及《廣雅·釋室》正。」

[一三] 方校：「案：上『蜢』字當依正文作『蜢』，《類篇》與此同誤。」按：毛鈔注「蜢」字正作「蜢」。

[一四] 陳校：「『蟜』當作『蟰』。」方校：「案：毛板『蛙』作『階』，段氏从宋本及小徐本改『陛』。又云：『陛』當依《玉篇》作『玭』。『蟜』爲『蟰』字之譌，據《説文》正。」

[一五] 明州本、潭州本、金州本、毛鈔、錢鈔注「令」字作「冷」。韓校、陳校、龐校、濮校同。馬校：「『冷』，局誤『令』。」方校：「案：『冷』譌『令』，據宋本及《類篇》、《韻會》正。」

[一六] 方校：「案：《廣韻》、《類篇》『朾』作『打』，音同。」

[一七] 方校：「案：『罖』譌『罖』，《類篇》同，據《廣韻》正。」

[一八] 明州本、潭州本、金州本、毛鈔、錢鈔注「罔」下有「也」字。韓校、龐校、濮校同。馬校：「局脱『也』字。」

[一九] 方校：「案：『梗』譌从亓，據《廣韻》、《類篇》正。」按：明州本、毛鈔注「梗」字正作「梗」。余校、陳校、龐校、濮校、錢校同。馬校：「『梗』，局作『梗』，不成字。」

[二〇] 毛鈔「㑌」作「㑌」，潭州本、毛鈔注「㑌」作「㑌」。余校、韓校、陳校、陸校、龐校、濮校、錢校同。馬校：「注『㑌』，局誤『㑌』。」方校：「案：『㑌』譌『㑌』，注又譌『㑌』，《類篇》亦譌『㑌』，據宋本正。」

[二一] 陳校：「去聲音定，『天掟』，出道書。」

[二二] 方校：「案：『逊逊，盡也』，見《釋訓》。又『鋌，盡也』，見《釋詁一》。『鋌』與『逊』通。然既引《釋訓》作『逊』，當於『盡也』上增『逊逊』二字。《類篇》『逊』作『逊』，乃傳録之誤。」按：明州本、毛鈔、錢鈔「逊」字作「逊」。段校、韓校、龐校、濮校、錢校同。

[二三] 明州本、毛鈔、錢鈔注「气」字作「氣」。濮校同。馬校：「兩『氣』字局作『气』，蓋《説文》本是『气』也。」

[二四] 明州本、錢鈔「从」下無「一」字。龐校、濮校同。

[二五] 明州本、毛鈔、錢鈔「梀」字作「揀」，注同。段校：「宋本从手。」韓校、陳校、陸校、龐校、濮校、錢校同。馬校：「『揀』，局作『梀』，注同。」方校：「案：《類篇·手部》收『抦』、『揀』，《木部》又收『柄』、『梀』，竝訓持，竝音補永切，未審所从，宋本則『梀』作『揀』，疑宋本爲是。」

[二六] 方校：「案：二徐本『皈』作『飲』，段據此及《類篇》正。」

[二七] 明州本、潭州本、金州本、毛鈔、錢鈔注「次」字作「坎」。汪校、韓校、陳校、顧校、陸校、龐校、濮校、錢校同。馬校：「坎，局誤『次』。」方校：「案：『坎』譌『次』，據宋本及《類篇》正。」

[二八] 毛鈔「郿」字作「鄅」。龐校、濮校、錢校同。

[二九] 明州本、毛鈔、錢鈔「岩」字作「省」。段校、韓校、陸校、龐校、濮校、錢校同。方校：「案：『岩』譌『岩』，宋本又譌『省』。『中』譌『屮』，據《説文》正。段氏云：『省係眚之譌。古文目作◎。』」

[三〇] 明州本、潭州本、金州本、毛鈔、錢鈔注「日」字作「目」。余校、韓校、錢校同。方校：「案：『目』譌『日』，據宋本及《説文》正。」

[三一] 丁校據《廣雅》「執」作「瓡」。方校：「案：『瓡』譌『執』，據《廣雅·釋器上》正。」按：明州本、毛鈔、錢鈔注「執」字正作「瓡」。衛校、陳校、龐校、濮校、錢校同。

[三二] 方校：「案：《玉篇》、《類篇》與此同，《説文》、《廣韻》『名』俱作『門』。」

[三三] 明州本、毛鈔「参」字作「叅」。韓校同。

[三四] 方校：「案：二徐本『支』作『枝』，『支』、『枝』古通用。」

[三五] 方校：「案：《論語》『周有八士』，釋文：『生，所幸切。』」

[三六] 明州本、毛鈔、錢鈔注「柴」字作「禁」。衛校、韓校、陳校、龐校、濮校、錢校同。丁校據《類篇》「柴」作「禁」。方校：「案：『禁』譌『柴』，據宋本及《類篇》正。」

[三七] 陳校：「『䣜』同『渻』。」

［四二］龐校、濮校同。馬校：「『翃』，局誤『翃』。」明州本、錢鈔作「詡」，誤。

［四三］明州本、毛鈔注「軌」字作「軌」。陸校、錢校同。

［四四］丁校：「『㝩』，字書只作『㝩』，此从穴，誤。又分『㝩』、『㝩』爲二，更誤。」

［四五］陳校：「『䀛』同『䘕』、『䣈』。」

［四六］吕校：「宜作『狼犺』。」

［四七］方校：「案：《類篇》『瓬』作『瓬』，『甖』作『罌』。」按：明州本、潭州本、金州本、毛鈔、錢鈔「瓬」字正作「瓬」。龐校、濮校、錢校同。

［四八］某氏校：「『鷩』譌『譬』，以《廣韻》校正。」

［四九］陳校：「作『晃』同。」某氏校：「『晄』通作『晃』。」

［四九］丁校：「《説文》無『所以』二字。」方校：「案：《説文》無『所以』二字，《類篇》同，今據删。」

［五〇］方校：「案：『也』譌『行』，據《類篇》正。」

［五一］潭州本注「染」字作「染」，誤。他本作「染」，不誤。

［五二］《類篇・心部》注「定」字作「足」，誤。

［五三］方校：「案：此見《廣雅・釋言》，又『忽慌，忘也』見《釋詁二》，義同。」

［五四］明州本、潭州本、金州本、錢鈔注「鐘」字作「鍾」。錢校同。

［五五］陳校：「『下』，《類篇》作『不』。」方校：「案：『不』譌『下』，據《類篇》正。」按：明州本、潭州本、金州本、毛鈔、錢鈔注「下」字正作「不」。顧校、陸校、龐校、濮校同。馬校：「『不』，局作『下』。」

三十八梗

［一］方校：「案：《説文》从『㝴』。」

［二］方校：「案：『朿』當从《説文》作『朿』。」按：明州本、潭州本、金州本、毛鈔、錢鈔注「朿」字正作「朿」。龐校、濮校、錢校同。

［三］衛校「夷」作「黄」。丁校據《説文》改「夷」作「黄」。方校：「案：『夷』舊从艸，段氏謂當作『夷』，《爾雅》、《急就篇》皆可證。又大徐本『也』作『者』，此从小徐。」

［四］龐校：「宋本無『艸』字，留版未刊。」按：錢鈔無「艸」字，空缺。

［五］方校：「案：『擥』譌从木，據《類篇》、《韻會》正。」按：明州本、潭州本、金州本、錢鈔、毛鈔注「欖」字作「擥」。陳校、陸校、濮校、錢校同。馬校：「『擥』，局誤从木。」

［六］方校：「案：《類篇》、《韻會》『挭』竝作『梗』，今據正。」按：明州本、毛鈔、錢鈔注「挭」字正作「梗」。龐校、濮校同。

［七］余校「佷」作「恨」。陳校：「《説文》作『恨』。」方校：「案：『恨』譌『佷』，據《説文》、《類篇》正。」

［八］馬校：「『㴽』局誤『㴽』。下烏猛切『㴽』，宋亦作『㴽』，倶永切皆作『㴽』。」方校：「案：『㴽』譌『㴽』，後烏猛切同，據《廣韻》、《類篇》正。」按：明州本、錢鈔注「㴽」字作「酒」。龐校云：「誤。」

［九］余校注「擴」字作「横」。陳校同。《類篇・手部》亦作「擴」。

［一〇］方校：「案：『麷』不應通『獷』。《文選・馬汧督誄》注引崔寔《四民月令》云：『大麥之無皮毛者曰穬。』則『獷』爲『穬』之誤無疑。」按：明州本、錢鈔注「獷」字正作「穬」。龐校、濮校、錢校同。馬校：「『穬』，局誤『獷』。」

［一一］方校：「案：『小』字衍，『舟』下奪『也』字，據《廣雅・釋水》删補。」

［三八］明州本、潭州本、金州本、錢鈔注从「敬」之字均缺末筆。顧校、龐校、濮校、錢校同。

［三九］明州本、毛鈔、錢鈔「氶」字作「氶」。金州本作「氶」。陸校、龐校、濮校、錢校同。馬校：「『氶』，局作『氶』，誤。」方校：「案：古體《類篇》作『氶』，宋本作『氶』，疑皆篆文『𣱱』字之譌。」

［四〇］余校「長」上增「水」字。

［四一］段曰：「『炎蒸』乃『烔』字之訓。」

［四二］方校：「案：『窻』，《類篇》同，大徐本作『窻』，小徐本作『窗』，段氏校从小徐。『明』下小徐本有『也』字。」

［四三］明州本、毛鈔、錢鈔「㬅」字作「㬅」。段校、陸校、龐校、濮校、錢校同。陳校：「『㬅』，《類篇》作『㬅』。」馬校：「『㬅』，局作『㬅』，非。注同。」方校：「案：『㬅』，上譌从明，據宋本及《類篇》正。」

［四四］明州本、金州本、毛鈔、錢鈔「㔷」字作「㔷」。注「㬅」、「㬅」作「㬅」、「㬅」。段校、陳校、龐校、濮校、錢校同。馬校：「注『㬅』、『㬅』局皆誤『㬅』、『㬅』，異字異義。」方校：「案：正文當作『㔷』，注『㬅』、『㬅』竝譌从明，據宋本及《類篇》正。」

［四五］此字見本小韻「囧」字下，此重出，當删。

［四六］明州本、錢鈔注「健」字作「健」，「休」字作「木」，均誤。潭州本、金州本、毛鈔不誤。

［四七］明州本、潭州本、金州本、毛鈔、錢鈔注「況」字作「況」。段校、韓校、陳校、陸校、龐校、濮校、錢校同。馬校：「『況』，局作『況』。」方校：「案：『況』譌『況』，據宋本及《類篇》正。」

［四八］明州本、潭州本、金州本、毛鈔、錢鈔注「令」字作「冷」。衛校、韓校、陳校、陸校、龐校、濮校同。丁校據《説文》「令」改「冷」。馬校：「『冷』，局脱『冫』旁。」方校：「案：『冷』譌『令』，據宋本及《説文》正。」

三十九耿

［一］衛校「烓」作「炯」。方校：「案：《説文》『烓』作『炯』，段氏據此及《類篇》正。『杜林説』下二徐本竝有『耿』字。『从光』，段氏作『从火』。」

［二］明州本、錢鈔注「芊」字作「芊」。濮校同。誤。潭州本、金州本、毛鈔作「芊」，與《廣雅・釋草》合。

［三］方校：「案：『䁝』譌『䁝』，據《廣韻》、《類篇》正。」

［四］方校：「案：『㚊』譌『㚊』，據《説文》、《類篇》正。」按：明州本、潭州本、金州本、毛鈔、錢鈔注「㚊」字正作「㚊」。汪校、陳校、丁校、龐校、濮校、錢校同。馬校：「『㚊』，局誤作『㚊』。」

［五］明州本、潭州本、金州本、毛鈔、錢鈔注「狠」字作「很」。韓校、陳校、龐校、濮校、錢校同。馬校：「『很』，局誤作『狠』。」方校：「案：此與下『詳』注『很』皆譌『狠』，據宋本及《廣韻》、《類篇》正。」

［六］方校：「案：『黽』譌『黽』，籀文『䵷』譌『䵷』，據《説文》正。」按：明州本、毛鈔、錢鈔「黽」字作「黽」。龐校从「黽」並同。馬校：「『䵷』，局誤『䵷』，注同。」

［七］陳校：「『鼆』、『鄳』、『䵂』三字入《梗韻》。」

［八］陳校：「『安』，《博雅》作『列』。」方校：「案：『列』譌『安』，《類篇》同，據《廣雅・釋詁一》正。」

［九］陳校：「鮩，鮊魚別名，入《梗韻》。」

［一〇］方校：「案：『水』譌『木』，據《類篇》正。」按：明州本、毛鈔注「木」字正作「水」。余校、陸校、龐校、濮校、錢校同。馬校：「『水』，局誤『木』。」

［一一］毛鈔「迸」字作「逬」。顧校、陸校同。馬校：「『逬』字从迸，局作『迸』，誤。」

[一二] 陳校：「『䔰』字入《梗韻》，百猛切。」

四十靜

[一] 馬校：「凡从『青』諸字，宋本皆如是作，局俱爲『青』字，則不以丹見義矣。」

[二] 段校注「節」字作「飾」。陳校、陸校同。馬校：「『節』當爲『飾』，宋亦誤。《類篇》作『清飾』。」方校：「案：『飾』譌『節』，據《説文》正。小徐本無『清』字，段氏从大徐本。」

[三] 方校：「案：『𡔛』當从《類篇》作『𡔜』。」按：明州本、毛鈔、錢鈔「𡔛」字作「𡔜」，注同。金州本注作「𡔜」。龐校、濮校同。

[四] 丁校據《類篇》「昭」字作「晧」。按：明州本、潭州本、金州本、毛鈔、錢鈔注「昭」字作「晧」。衛校、龐校、濮校、錢校同。馬校：「『晧』，局誤『昭』。」方校：「案：『晧』譌『昭』，據宋本及《類篇》正。」按：下此靜切「晴」字注亦作「晧」。

[五] 方校：「案：『陷』譌从舀。據《説文·井部》正。《説文》此三字竝从『井』。」按：明州本、潭州本、金州本、毛鈔、錢鈔注「陷」字正作「陷」。龐校同。

[六] 陳校：「『義』，《山海經》作『莪』。」方校：「案：『莪』譌『義』，據《山海經》二《西山經》正。『名曰狰』，《經》作『其名如狰』。」

[七] 明州本、錢鈔注「石」字作「后」。濮校同。誤。潭州本、金州本、毛鈔注作「石」。

[八] 明州本、潭州本、金州本、毛鈔、錢鈔注「𥩟」字作「竫」。韓校、龐校、濮校同。馬校：「『从竫』局誤『从𥩟』。」

[九] 陳校：「『名』，《説文》作『門』。」

[一〇] 方校：「案：『此』譌『比』，據《類篇》、《韻會》正。」按：明州本、金州本、毛鈔、錢鈔注「比」字作「此」。陳校、陸校、龐

校、濮校同。馬校：「『此』，局誤『比』。」

[一一] 馬校：「『韓』當爲『韓』，今《説文》亦誤『韓』矣。」段云：「韓，井上木闌也。氣形四角或八角，又謂之銀牀。」方校：「案：『韓』，大徐本同。當从小徐本及《類篇》作『韓』。『象』上小徐本無『之』字，『象』下二徐本竝有『也』字。」

[一二] 明州本、毛鈔、錢鈔注「、」字作「◉」。陸校、龐校、濮校同。潭州本、金州本作「●」。

[一三] 方校：「案：二徐本『崄』作『險』。」

[一四] 某氏校：「『呈』下从壬，音挺，不从王，凡偏旁从『呈』者放此。」

[一五] 明州本、潭州本、金州本、毛鈔、錢鈔「𡍐」字作「埕」。陳校、顧校、陸校、龐校、濮校、錢校同。馬校：「『埕』，局作『𡍐』。」按：《玉篇·土部》：「埕，丈井切。通也。」

[一六] 方校：「案：此《左·昭十四年傳》文，『埕』下本有『欲』字，二徐本及段本同。《玉篇》、《類篇》竝無。」

[一七] 方校：「案：《方言》四『裎』下有『衣』字。」

[一八] 明州本、毛鈔「涅」字作「浧」。

[一九] 段校「鞋」作「鞓」。方校：「案：『鞓』譌『鞋』，《類篇》同，據《説文》正。」

[二〇] 吕校：「宜作『梬』。」方校：「案：『梬』譌『梬』，《廣韻》同，據《説文》正。」

[二一] 明州本、錢鈔注「柨」作「柣」。濮校同。誤。潭州本、金州本、毛鈔作「柨」。

[二二] 明州本、金州本、毛鈔、錢鈔「頴」字作「潁」。段校、龐校、濮校同。馬校：「『潁』，局作『頴』，凡从『頃』諸字皆从俗體。」某氏校：「『潁』、『潁』譌『頴』、『頴』，从《廣韻》校改。」

[二三] 明州本、金州本、毛鈔、錢鈔「頴」字作「潁」。段校同。

[二四] 明州本、潭州本、金州本、錢鈔注「訩」字作「䛁」。

[二五] 方校：「案：『䊵』譌从林。據《説文》正。」龐校作「䊵」。

[二六] 明州本、潭州本、金州本、錢鈔注「選」字作「選」。龐校同。

［二七］方校：「案：『仄』譌从广，據《説文》正。」

［二八］明州本、錢鈔「併」字作「併」。龐校：「『併』作『併』，似誤。」

［二九］明州本、錢鈔「鼾」字作「鼾」。濮校同。

［三〇］明州本、金州本、毛鈔、錢鈔注「畲」字作「畲」。陳校、龐校、濮校、錢校同。馬校：「『畲』，局誤『畲』。」

［三一］馬校：「『毋』，局作『毋』。」

［三二］某氏校：「『冥』字从冖、从日、从六。凡偏旁从『冥』者放此。」

四十一迥

［一］毛鈔「禪」字作「禪」。陳校、陸校同。馬校：「『禪』，局誤『禪』，下犬迥切同。」

［二］《爾雅》見《釋訓》，釋文：「『琄』，胡犬、古犬二反。」馬校：「義出《詩・大東》傳，今傳脱『佩』字。」按：《詩・小雅・大東》釋文字作「鞙」，云：「『鞙』，胡犬反。玉貌。字或作『琄』。」此引郭音户茗切，未詳所出。

［三］馬校：「『皛』已見《二十九篠》胡了切矣，此户茗切有『皛』字，誤入之也。《廣雅・釋器》『皛』字曹憲音乎了反，又乎灼反。今本乎灼作乎炯，户茗與乎炯音同，則宋時《廣雅》本已誤，王念孫説。」

［四］明州本、潭州本、金州本、毛鈔、錢鈔注「从」字作「作」。龐校、濮校、錢校同。馬校：「『作』當是『从』字，局刻不誤。」按：依全書體例「作」字是，馬校欠妥。

［五］明州本、錢鈔注「枰」字作「桿」。龐校、濮校同，誤。《類篇》作「枰」。

［六］明州本、毛鈔、錢鈔「炅」字作「炅」。龐校、濮校、錢校同。馬校：「『炅』，局作『炅』。」陳校：「《廣韻》音古，人名，出《漢書》。」

［七］明州本、潭州本、金州本、毛鈔、錢鈔「頮」字作「潁」。段校、韓校、龐校、濮校同。

［八］方校：「案：字當从《類篇》及正文作『茵』。」按：明州本、毛鈔、錢鈔「苘」字正作「茵」。韓校、陸校、龐校、濮校同。

［九］馬校：「『頮』當作『潁』，宋亦誤，《廣韻》不誤。」方校：「案：『潁』，譌从炅，據《説文》正。」

［一〇］段校：「『炅』者，宋太宗諱。《玉篇》《廣韻》《迥》、《霽》皆缺筆，此《迥》、《霽》皆不作『炅』，蓋影鈔者失之。」

［一一］明州本、潭州本、金州本、毛鈔、錢鈔注「香」字作「香」。段校、韓校、陸校、龐校、濮校、錢校同。馬校：「『香』，局作『香』，誤。」方校：「案：『香』譌『香』，據宋本正。」

［一二］陳校：「『治』，《類篇》作『冶』。」方校：「案：『冶』譌『治』，『以』譌『从』，據宋本及《類篇》正。」

［一三］陳校：「《廣韻》作『熨』，誤。」

［一四］明州本、潭州本、金州本、毛鈔、錢鈔「穎」字作「潁」。顧校同。

［一五］明州本、潭州本、金州本毛鈔、錢鈔注「曰」上有「一」字。段校、韓校、陳校、陸校、龐校、濮校同。方校：「案：『曰』上奪『一』字。據宋本及《類篇》補。」

［一六］毛鈔「熨」字作「熨」。余校、錢校同。方校：「案：宋本『熨』作『熨』，非。」

［一七］顧校「彝」字作「彝」。濮校同。

［一八］丁校注「德」字據《莊子》作「聽」。方校：「案：『聽』譌『德』，據《莊子・齊物論》向、司馬注正。」按：明州本、錢鈔注「德」字正作「聽」，「惑」字作「或」。龐校、濮校、錢校同。

［一九］余校注「下」字改「胡」。

［二〇］明州本、潭州本、金州本、毛鈔、錢鈔注「項」字作「頂」。余校、汪校、陳校、龐校、濮校、錢校同。馬校：「『頂』，局誤『項』。」方校：「案：『頂』譌『項』，據宋本及《類篇》正。」

［二一］方校：「案：『滓』譌『淬』，據《類篇》及本文正。」按：明州本、潭州本、金州本、錢鈔注「滓」字正作「滓」。龐校、濮校、錢校同。馬校：「『滓』，局誤从氵旁。」

[二二] 明州本、毛鈔、錢鈔「璽」字作「鑿」。韓校、龐校、濮校、錢校同。方校：「案：宋本及《類篇》『璽』作『鑿』，誤。」

[二三] 段校作「涇」。陳校：「『涇』，疑『涇』字，右文从『𡿧』，『𡿧』古文『巠』，見《青韻》吉經切作『巠』，同。」按：《青韻》無吉經切，堅靈切「經」之古文作「巠」。馬校：「當是『涇』字，宋亦誤。」

[二四] 明州本、潭州本、金州本、毛鈔、錢鈔注「皃」字作「臭」。陳校、龐校、濮校同。馬校：「局誤『臭』爲『皃』，下文研領切『烴』字下亦作『臭』。」

[二五] 明州本、毛鈔、錢鈔注「三」字作「一」。龐校：「『三』，宋本作『一』。」按：此小韻實三字，作「一」誤。潭州本、金州本作「三」。

[二六] 陳校：「『娗』當入他頂切，研領切當作『婞』，《廣韻》作『妖』，『婞』字之譌。」

[二七] 方校：「案：『晩』譌『昄』，據《楚辭・遠遊》正。晩，澤也。音萬。」

[二八] 明州本、錢鈔注「歛」字作「斂」。龐校同。

[二九] 方校：「案：《類篇》『甒』作『廛』，當據正。」

[三〇] 方校：「案：『迥』譌『迴』，據《類篇》、《韻會》正。」按：明州本、潭州本、金州本、毛鈔、錢鈔注「迴」字正作「迥」。陸校、龐校同。

[三一] 余校注「茶」字作「荼」。陸校同。馬校：「『荼』，局作『茶』。」

[三二] 明州本、潭州本、金州本、毛鈔、錢鈔注「曰」字作「日」。余校、段校、汪校、韓校、陳校、陸校、龐校、濮校、錢校同。馬校：「『日』，局誤『曰』。」方校：「案：『日』譌『曰』，據宋本及《類篇》正。」

[三三] 方校：「案：《類篇》『小』作『暗』。」

[三四] 方校：「案：『持』下《類篇》有『皃』字。」

[三五] 明州本、潭州本、金州本、毛鈔、錢鈔「盯」字作「耵」，注「𥆧」字作「聹」。韓校、龐校、濮校、錢校同。方校：「案：正文『耵』、注文『聹』皆譌从目，據宋本及《類篇》正。」

[三六] 明州本、毛鈔、錢鈔注「恊」字作「協」。龐校同。與《說文》合。

[三七] 方校：「案：『薾』譌从㒪，據《山海經》五《中山經》正。」按：明州本、金州本、毛鈔、錢鈔注「薾」字正作「薾」。龐校、濮校同。

[三八] 方校：「案：《釋言》『棉』作『打』，『掊』作『棓』。」按：明州本、潭州本、金州本、毛鈔、錢鈔注「掊」字作「棓」。余校、陳校、龐校、濮校、錢校同。馬校：「『棓』，局从扌。」

[三九] 明州本、毛鈔注「錬」字作「鍊」。陸校、龐校、濮校同。與《說文》合。

[四〇] 明州本、潭州本、金州本、錢鈔注「畝」字作「畒」。陸校、龐校、濮校同。毛鈔作「畝」。

[四一] 段校：「『打』即『朾』之俗。」馬校同。

[四二] 明州本、錢鈔「壬」字作「𡈼」。顧校、陸校、錢校同。馬校：「『𡈼』，局作『壬』。凡从『𡈼』之字皆如是作。」

[四三] 方校：「案：『三』譌『二』，《類篇》同，據《說文》正。」錢校同。

[四四] 明州本、潭州本、金州本、毛鈔、錢鈔注「徑」字作「徑」。韓校、陳校、龐校、濮校、錢校同。方校：「案：『徑』譌『徑』，據宋本及《廣韻》、《類篇》正。《說文》：『徑，徑行也。』」

[四五] 金州本、毛鈔「頊」字作「頊」，明州本、金州本、毛鈔、錢鈔注「徍」字作「狹」。龐校、錢校同。汪校「頊」作「項」。馬校：「『狹』，局誤『徍』。」方校：「案：『頊』譌从王，『狹』譌从彳，據宋本及《說文》正。」

[四六] 明州本、潭州本、金州本、毛鈔、錢鈔注「名」字作「名」。余校、衛校、陳校、顧校、陸校、丁校、龐校、濮校、錢校同。馬校：「『名』，局作『名』，不成字。」方校：「案：『名』譌『名』，據宋本及《類篇》正。」

[四七] 陳校：「《廣韻》作『閙』，从手。」

[四八] 方校：「案：今本《釋器》下奪，王氏據此及《類篇》補錄。」

[四九] 明州本、毛鈔、錢鈔注「薴」字作「薴」。龐校同。

[五〇] 明州本、潭州本、金州本、毛鈔、錢鈔注「凾」字作「函」。余校、衛校、韓校、陳校、陸校、龐校、濮校、錢校同。馬校：

「『函』，局誤『函』。」丁校據《類篇》作「函」。方校：「案：『函』中譌从豕，據宋本及《類篇》正。」

[五一] 明州本、毛鈔、錢鈔注「具」字作「直」，下有「也」字。陳校、顧校、陸校、龐校、濮校、錢校同。馬校：「『直』，局誤『具』，又脱『也』字，上文他鼎切下不誤。」方校：「案：『直』譌『具』，『直』下奪『也』字，據宋本及《類篇》正補。」按：潭州本、金州本作「直」下亦脱「也」字。

[五二] 方校：「案：『杴』譌『抆』，據大徐本正，小徐本作『杴』。」按：明州本、毛鈔、錢鈔注「抆」字作「杴」。余校、陳校、陸校、龐校、濮校、錢校同。馬校：「『杴』，局誤『抆』，从扌。」

[五三] 方校：「案：《類篇》無『霓』字，《初學記》引作『疾雷謂之霆』，邵氏从之。」

[五四] 明州本、毛鈔、錢鈔「逊」字作「逊」。段校、韓校、龐校、濮校、錢校同。馬校：「『逊』，局作『逊』，《梗韻》丈梗切同。」

[五五] 明州本、錢鈔注「朗」字作「朗」。濮校同。避諱缺筆。他本不缺。

[五六] 方校：「案：『篣』譌『篣』，據《類篇》正。」按：明州本、錢鈔注作「篣」。顧氏重修本已改。

[五七] 明州本、錢鈔「顈」字作「顈」。龐校同。

[五八] 明州本、潭州本、金州本「梃」字作「挺」。顧校、陸校、龐校同。馬校：「『挺』局誤从木。」錢鈔作「兩」，誤。

[五九] 明州本、錢鈔注「甯」字作「甯」。龐校同。馬校：「『甯』从心用。局从宓，宋从冉，皆俗體也。他皆類此。」

[六〇] 丁校據《廣雅》「箸」字作「蓍」。方校：「案：『蕭蓍』譌『蕭箸』，據《廣雅・釋艸》正。」按：明州本、潭州本、金州本、毛鈔、錢鈔注「箸」字作「蓍」。段校、衛校、韓校、陳校、陸校、龐校、濮校、錢校同。馬校：「『蓍』，局誤『箸』。」

四十二拼

[一] 明州本、金州本、毛鈔、錢鈔注「拚」字作「拼」。余校、段校、韓校、陳校、陸校、龐校、濮校、錢校同。又明州本、毛鈔、錢鈔注「牡」字作「壯」，毛鈔注「古」字作「吉」。段校、陳校、陸校、龐校、濮校、錢校同。方校：「案：『拼』、『壯』、『吉』譌『拚』、『牡』、『古』，據宋本及《說文》正。」

[二] 方校：「案：『橙』，當从正文作『撜』。『丞』，《類篇》作『氶』，誤。本音下出『氶』字，云：『縣名。』」丁校同。按：明州本、潭州本、金州本、毛鈔、錢鈔注「橙」字正作「撜」。顧校、陸校同。

[三] 明州本、毛鈔、錢鈔注「軯」字作「軯」。陳校、顧校、陸校、龐校同。馬校：「『軯』，局少末筆作『軯』。」

[四] 方校：「案：注『瘀』字當从《類篇》作『蒸』。」

[五] 明州本、毛鈔、錢鈔「悑」字作「悑」。衛校、韓校、陳校、龐校、錢校同。丁校據《類篇》作「悑」。方校：「案：『悑』譌『悑』。據宋本及《類篇》正。」

[六] 《廣韻》「皃」字作「也」。

四十三等

[一] 明州本、錢鈔「㑬」字作「㑬」。余校、韓校、陳校、龐校、濮校、錢校同。方校：「案：據注文則『㑬』當作『㑬』。惟《類篇・人部》『㑬』字兩見，一武粉切，一文拂切，無普等之音。宋本作『㑬』，字書亦未見。」

[二] 明州本、潭州本、金州本、毛鈔、錢鈔注「干」字作「于」。龐校同。

[三] 明州本、潭州本、金州本、毛鈔、錢鈔注「凶」字作「凶」。

[四] 方校：「案：《類篇》『鼅』注『蜂』作『蚌』，『蟹』注與此同。」

[五] 方校：「案：《類篇》『鼜』作『僜』，下『鼜』注與此同。」

[六] 毛鈔注「大」下無「索」字。段校：「宋本少『索』字。」馬校：「『大』下局有『索』字，宋脱，應補。」按：明州本、潭州本、金

州本、錢鈔注「大」下有「索」字。是。濮校同。

四十四有

[一] 方校：「案：『厷』當从補音作『云』。」按：明州本、毛鈔、錢鈔注「厷」字正作「云」。陳校、龐校同。

[二] 方校：「案：注『宜』譌『宣』，『日』譌『曰』，『食』譌『蝕』，竝據《説文》正。又《説文》『日』下有『月』字，《類篇》同，段氏謂『月』字衍。『ナ』乃古『右』字，此云有『古作ナ』，亦非。」按：明州本、潭州本、金州本、毛鈔、錢鈔注「宣」字正作「宜」。顧校、龐校、濮校同。又明州本、毛鈔、錢鈔注「傳」下「曰」字作「日」。余校、段校、陸校、龐校、濮校、錢校同。陳校據《説文》作「日月」。馬校：「《類篇》作《春秋傳》曰『日月有蝕之』，《集韻》脱誤。」

[三] 《説文》無「佑」字，鉉於「右」字下注云：「今俗别作『佑』。」

[四] 明州本、毛鈔、錢鈔「丱」字作「𡴀」，「囼」字作「冎」。韓校、龐校、濮校、錢校同。馬校：「『冎』，局作『囼』，注同。」方校：「案：宋本『丱』作『𡴀』，與《説文》合。『囼』二徐本作『囼』，段氏校改『𦥑』。宋本同。《類篇》作『𦥑』，誤。」

[五] 明州本、毛鈔「黙」字作「黝」。陳校同。按：《廣雅·釋宫》作「黝」。

[六] 《文選·左太沖〈吴都賦〉》：「沈虎潛鹿，馽龓僒束。」李注：「龓，兼有也。力公切。」與《説文·有部》从有龍聲同。此从龍，有聲，與《説文》異。

[七] 明州本、毛鈔、錢鈔注「鼻」字作「皨」，潭州本、金州本作「皨」。

[八] 明州本、毛鈔、錢鈔「䶬」字作「䶬」。陳校、龐校、濮校同。方校：「案：『䶬』譌『䶬』，據宋本及《類篇》正。」

[九] 方校：「案：《玉篇》：『丂，古文巧。』」

[一〇] 明州本、錢鈔注「芀」字作「芀」。龐校、濮校、錢校同。余校注「芀」字作「芀」。方校：「案：注『芀』，《類篇》作『勃』，『勃』，余章切，勸也。」

[一一] 明州本、錢鈔注「夂」字作「久」。龐校、濮校同。

[一二] 方校：「案：『子』譌『予』，據《玉篇》、《類篇》正。《類篇》『牛』下有『羊』字。」按：明州本、潭州本、金州本、毛鈔、錢鈔注「予」字正作「子」。余校、陳校、陸校、龐校、濮校、錢校同。馬校：「局誤『子』爲『予』。」

[一三] 毛鈔注「巳」字作「己」。陸校、龐校、濮校同。明州本、錢鈔作「乙」，誤。

[一四] 余校：「『夂』，後並改『久』。」吕校：「《説文》『久』下並同。」方校：「案：『久』譌『夂』，據《説文》正。」某氏校：「凡从『久』者放此，作『夂』非。」

[一五] 明州本、潭州本、金州本、毛鈔、錢鈔注「其」下有「梎」字。段校、陳校、龐校、濮校、錢校同。余校「矩」改「距」。馬校：「局脱『梎』。」丁校據《考工記》「其」下補「梎」字。方校：「案：『灸』譌『炙』，『距』譌『矩』，據《説文》正。『其』下奪『梎』字，據宋本及《説文》補。又《考工記·廬人》『久』作『灸』，音救，『觀』作『眂』，『梎』下有『之均也』三字。」

[一六] 余校：「『黑』下增『色』字。」方校：「案：『黑』下奪『色』字，據《説文》補。」

[一七] 陳校：「『妝』亦作『奻』。」

[一八] 明州本、毛鈔、錢鈔注「穜」字作「種」。龐校、濮校、錢校同。方校：「案：此與二徐本合，宋本『穜』作『種』，非許書舊文也。」

[一九] 方校：「案：『齨』譌『齨』，據宋本及《説文》正。」按：明州本、金州本、毛鈔、錢鈔作「齨」。余校、段校、衛校、韓校、陳校、陸校、龐校、濮校、錢校同。潭州本作「齨」。

[二〇] 陸校「鴅」作「鳴」。

[二一] 方校：「案：『麋』譌『麇』，『者』譌『也』，據《説文》正。段氏校本依《爾雅·釋獸》『牝』作『牡』。」按：明州本、毛鈔、錢鈔注「麇」字正作「麋」。陳校、陸校、龐校、濮校、錢校同。

[二二] 方校：「案：當依《説文》《類篇》作『匶』。」按：明州本、毛鈔、錢鈔「匶」字作「匶」，注同。龐校、濮校、錢校同。

〔二三〕明州本、潭州本、金州本、毛鈔、錢鈔注「籀」字作「籒」。馬校：「局作『匲』，不成字。」

〔二四〕陳校：「『珃』當作『䋞』，音紐。」方校：「案：『珃』作『䋞』，今據正。後女九切亦可證。」

〔二五〕丁校據《類篇》「忸」作「炄」。方校：「案：『炄』譌『忸』，據《類篇》正。」按：明州本、毛鈔、錢鈔注「忸」字正作「炄」。陳校、龐校、濮校同。

〔二六〕明州本、潭州本、金州本、毛鈔、錢鈔注「黝䵒」作「黝䵓」。陳校、龐校、錢校同。馬校：「『䵓』，局誤『䵒』，不成字。」方校：「案：『黝䵓』譌『黝䵒』，據宋本及《廣雅·釋室》正。」

〔二七〕明州本、金州本、錢鈔「颵」字作「颵」。龐校、濮校同。

〔二八〕陳校作「丣」。方校：「案：『卯』當作『丣』。酉爲秋門，此『酉』當作『丣』。又『閉』字二徐本同，《類篇》譌『閅』，『閅』、『閉』俗字。」

〔二九〕明州本、錢鈔注「羑」字作「𦍌」。濮校同。

〔三〇〕余校「蕩」作「湯」。陳校同。方校：「案：《說文》『蕩』作『湯』，段氏據《水部》『蕩』注及《漢志》改『蕩』。」

〔三一〕方校：「案：『厸』譌『厸』，據《說文·厶部》正。」

〔三二〕明州本、金州本、毛鈔、錢鈔「卣」字作「卣」。韓校、陳校、陸校、馬校、龐校、濮校同。方校：「案：『卣』譌『卣』，據宋本及《爾雅·釋器》正。」

〔三三〕明州本、金州本、毛鈔、錢鈔注「尊」字作「樽」。韓校、陸校、馬校、龐校、錢校同。方校：「案：『尊』，宋本从木作『樽』。」

〔三四〕方校：「案：『卣』作『脩』，見《周禮·春官·鬯人》。『文說』當改『亦作』。」按：明州本、金州本、錢鈔注「文說」正作「亦作」。段校、馬校、錢校同。

〔三五〕方校：「案：『㰻』譌『㰻』，『言』譌『吉』，據《說文》正。」按：明州本、潭州本、金州本、錢鈔「㰻」字作「㰻」。龐校同。又明州本、金州本、錢鈔注「吉」字作「言」。余校、陳校、龐校、濮校、錢校同。

〔三六〕明州本、金州本、毛鈔、錢鈔「栖」字作「洒」，明州本、金州本、毛鈔注「栖」字作「栖」，「𦥯」字作「洒」。陳校、錢校同。韓校、陸校注「栖」作「洒」。方校：「案：正文『𦥯』，注文『栖』竝譌作『栖』，據宋本及《類篇》正。」

〔三七〕明州本、金州本、毛鈔、錢鈔注「㾝」字作「㾝」。韓校、陳校、顧校、陸校、龐校、濮校、錢校同。馬校：「『㾝』，局作『㾝』。」方校：「案：『㾝』譌从疒，據宋本及《說文·疒部》正。」

〔三八〕明州本、潭州本、金州本、錢鈔「宎」字作「宎」。濮校同。

〔三九〕方校：「案：『䥈』譌『䥈』，據《說文》、《類篇》正。」按：明州本、潭州本、金州本、毛鈔、錢鈔「䥈」字正作「䥈」。韓校、陳校、顧校、龐校、濮校、錢校同。馬校：「『䥈』，局作『䥈』。」

〔四〇〕方校：「案：《說文》『艸』作『莠』，『生』上小徐本有『揚』字，段注从之。」

〔四一〕方校：「案：《類篇》作『逌』，以从『卤』爲正。」

〔四二〕明州本、毛鈔、錢鈔注「乎」字作「乎」。陳校、龐校同。

〔四三〕馬校：「案：『炰』字，見《大射儀》『羞庶』鄭注及賈疏，今本誤作『炮』，宋本《儀禮》不誤，丁所見尚是不誤本也。」

〔四四〕方校：「案：『刀』譌『刃』，據《類篇》正。」

〔四五〕明州本、毛鈔、錢鈔注「埽」字作「掃」。龐校同。馬校：「『掃』，局作『埽』。『埽』正字，『掃』俗字。」

〔四六〕毛鈔注「負」字作「貝」。陳校、錢校同。馬校：「『貝』，局誤『負』。」方校：「案：『貝』譌『負』，據宋本及《說文》正。」

〔四七〕方校：「案：『偩』譌『偩』，據《禮記·樂記》及注文正。」案：明州本、潭州本、金州本、毛鈔、錢鈔「偩」字正作「偩」。「荷」，《類篇》作「何」，同。」

〔四八〕明州本、潭州本、金州本、毛鈔、錢鈔「𥃩」字作「𥃩」，陳校、龐校、濮校、錢校同。余校、段校、陳校、龐校、濮校、錢校同。方校：「案：『𥃩』譌『𥃩』，據《說文》及《類篇》正。宋本作『𥃩』，亦非。」

[四九] 余校：「『山』作『也』。」龐校：「宋本仍作『山』。」

[五〇] 方校：「案：《釋蟲》作『蛗』，陸書無異文。《類篇》『蛗螽』作『蛗蟲』。」案：明州本、潭州本、金州本、錢鈔「蛗螽」作「蛗蟲」。龐校、濮校同。馬校：「『蛗螽』，局作『蛗蟲』。」

[五一] 方校：「案：今《説文》『甞』作『嘗』，據字當作『嘗』，此傳録之誤也。『秫』，當从小徐本作『秫』。」

[五二] 明州本、潭州本、金州本、毛鈔、錢鈔注「疏」字作「疏」。

[五三] 明州本、金州本、毛鈔、錢鈔「𠬪」字作「𠬪」，注同。陳校、顧校、馬校、龐校同。

[五四] 方校：「案：『帚』譌『帚』，據《説文》正。」按：明州本、潭州本、金州本、毛鈔、錢鈔「帚」字正作「帚」。龐校、濮校同。某氏校：「『帚』上从彐，中从冖，下从巾，俗作『帚』，非是。」

[五五] 余校「内」上增「冂」。方校：「案：『内』上奪『冂』字，據《説文》補。」

[五六] 方校：「案：『討』譌『計』，據《説文》、《類篇》正。」按：明州本、錢鈔注「計」字正作「討」。段校、陸校、龐校同。馬校：「『計』當作『討』，宋亦誤。」蓋謂毛鈔本也。

[五七] 方校：「案：《説文・𠬪部》『受』从𠬪，舟省聲。古體蓋不省也。《類篇》作『叐』，亦通。」按：明州本、毛鈔、錢鈔「叐」字作「叐」，注同。龐校、濮校同。

[五八] 明州本、毛鈔、錢鈔「鼀」字作「鼀」，注同。韓校、龐校、濮校、錢校同。馬校：「『鼀』作『鼀』，注同。」方校：「案：宋本作『鼀』，《説文・老部》止作『鼀』。」

[五九] 方校：「案：《釋獸》云：『貍、狐、貒、貈，醜，其足蹯。其跡厹。』《説文》『狐』亦不从豸，『蹯』作『蹞』，『跡』作『迹』，今竝據正。」按：明州本、毛鈔、錢鈔注「蹞」字作「蹞」。衛校、韓校、陳校、龐校、濮校、錢校同。馬校：「『蹞』，局作『蹞』，不成體。」丁校據《類篇》「蹞」作「蹞」。

[六〇] 方校：「案：『軔』，大徐本同，小徐本『輞』，《廣韻》『輞』，《韻會》『輞』，段校《説文》改『网』。」

[六一] 方校：「案：此係『狃』字，注文、《玉篇》可證。《玉篇》『莥』下注云：『鹿豆也。女久切。』則『狃』、『莥』二字當竝收。」

[六二] 段校作「檍」。陸校同。龐校：「鴻書案：當有『木』旁。」馬校：「『意』當作『檍』，宋亦誤。」方校：「案：『檍』譌『意』，據《爾雅・釋木》正。」

[六三] 方校：「案：小徐本『浸』作『㬋』，此从大徐。『浂』皆作『浂』。古文『浂』當从《類篇》作『夒』。」按：明州本、潭州本、金州本、毛鈔、錢鈔「夒」字作「夒」，潭州本、金州本、毛鈔注同。段校、陸校、龐校、濮校、錢校同。

[六四] 方校：「案：『饋』譌『饋』，據《類篇》及《廣雅・釋器下》正。」按：明州本、錢鈔注「饋」字正作「饋」。余校、陳校、龐校、濮校同。

[六五] 明州本、金州本、毛鈔、錢鈔注「子」字作「于」。段校、汪校、衛校、陸校、龐校、濮校、錢校同。馬校：「『于』，局誤『子』。」丁校：「《周語》『狩』作『狩』。」方校：「案：《周語》『狩』作『狩』，注『于』譌『子』，據宋本正。『隙』，《類篇》作『隙』，同。」

[六六] 明州本、錢鈔「叟」字作「叟」。龐校、濮校同。

[六七] 方校：「案：『掫』譌从木，據《説文》正。」按：明州本、錢鈔「棷」字作「掫」。陳校、龐校同。《侯韻》將侯切「掫」字同。

[六八] 方校：「案：『丈』譌『文』，據《韻會》正。此字《類篇・糸部》失收。」按：明州本、金州本、毛鈔、錢鈔注「文」字正作「丈」。余校、陳校、顧校、陸校、龐校、濮校、錢校同。馬校：「『丈』，局誤『文』。」

[六九] 馬校：「『鮦』音紂，見《漢志》孟康説。」

[七〇] 明州本、錢鈔脱「一」字。濮校：「宋本無『一』字，空格。」

[七一] 某氏校：「《説文》十四篇『丣』，莫飽切。『丣』，與九切。从『丣』得聲者當从『丣』，此从『丣』得聲，則皆从『丣』，俗書淆亂已久，姑志其誤於此。」

[七二] 方校：「案：當作『畱』、『罶』，下『珋』、『茆』亦當依《説文》从『丣』。」

[七三] 馬校：「『葦』，局誤『葦』。」按：《類篇・艸部》作「葦」。藥草名商陸，作「葦」是。

[七四] 明州本、錢鈔注「阜」字作「阜」。濮校同。

[七五] 方校：「案：《廣韻》、《類篇》竝作『按』。」

[七六] 明州本、錢鈔「軔」作「軓」。龐校、錢校同。按：「軔」當作「网」。參見本韻忍九切「轗」字校語。

[七七] 方校：「案：『剌』譌从朿，據《說文》正。」

[七八] 明州本、毛鈔、錢鈔「殂」字作「殂」，注同。龐校、濮校同。

四十五厚

[一] 方校：「案：『厚』譌『㕢』。據《說文》正。」按：明州本、潭州本、金州本、毛鈔、錢鈔作「厚」。

[二] 明州本、錢鈔「䵷」字作「䵷」。濮校同。

[三] 余校「丘」作「山」。陳校：「『丘』，《說文》作『山』。」方校：「案：注『山』譌『丘』，據《說文》正。」

[四] 毛鈔注「厂」字作「厂」。方校：「案：『厂』譌『厂』，據宋本及《說文》正。」

[五] 明州本、潭州本、金州本、毛鈔、錢鈔注「么」作「幺」。陸校、龐校、濮校同。又明州本、錢鈔注「久」作「夂」。余校、韓校、顧校、龐校、濮校、錢校同。馬校：「『幺』，局誤『么』。『夂』局作『久』，不成字。」方校：「案：『幺』、『夂』譌『么』『久』，據宋本及《說文》正。」

[六] 明州本、潭州本、金州本、毛鈔、錢鈔「呺」字作「呺」，注同。龐校、濮校同。

[七] 方校：「案：《方言》七『治也』上有『貌』字，下四字係郭注。」

[八] 明州本、錢鈔注「犬」字作「大」。濮校同。誤。潭州本、金州本、毛鈔作「犬」，不誤。

[九] 呂校：「宜作『皷』。」

[一〇] 明州本、潭州本、金州本、毛鈔「蔲」字作「蔲」，錢鈔作「蔲」。段校、汪校、韓校、陳校、陸校、龐校、濮校、錢校同。馬校：「『蔲』局作『蔲』，注同。」方校：「案：《說文・艸部》：『苟，艸也。』古厚切。《茍部》：『茍，自急敕也。从羊省，从包省，从口。𦍌，古文羊不省。』紀力切。『敬』字从之。此或體，宋本及《類篇》作『蔲』，乃『茍』字之古文。丁氏等似誤合二字爲一。」

[一一] 方校：「案：『以』譌『从』，據《說文》正。」

[一二] 衛校「虎」下補「一」字，「三」下補「千」字。丁校同。方校：「案：『虎』下奪『一』字，『三』下奪『千』字，據《爾雅》郭注正。」

[一三] 陳校：「《博雅》作『枸』，在《釋草》，非木名。」

[一四] 陳校作「𣪘」。馬校：「『𣪘』當是『𣪘』之誤。」方校：「案：『𣪘』譌『𣪘』，據《說文》正。」

[一五] 陳校：「『袼』上增『褩』字。」

[一六] 馬校：「『次』當作『次』，宋亦誤。」陸校：「『次』作『次』。」方校：「案：『次』譌『次』，據《廣雅・釋器上》正。『次』，古『涎』字。」

[一七] 方校：「案：《類篇》『𠙴』作『𠙴』，今據正。」

[一八] 毛鈔注「羑」字作「羑」。

[一九] 方校：「案：小徐本作『大渠』，此與《類篇》竝从大徐。」

[二〇] 明州本、毛鈔、錢鈔注「攴」字作「支」。衛校、龐校、濮校同。馬校：「『攴』，局作『攴』，今《說文》作『擊』。」方校：「案：二徐本『攴』作『擊』，似『攴』字爲長。『攴』，小擊也。」

[二一] 方校：「案：『暗』譌从音，據《周易略例》正。」按：明州本、錢鈔注「暗」字作「賠」。龐校、濮校、錢校同。

[二二] 方校：「案：『冢』譌『冢』，據《廣雅・釋地》正。」按：明州本、潭州本、金州本、毛鈔、錢鈔注「冢」字作「冢」。顧校、濮

校同。馬校：「『冢』，局誤『冢』。」

[二三] 潭州本、金州本、毛鈔注「㚢」字作「㚢」。韓校、陳校、龐校、錢校同。馬校：「『㚢』，局作『㚢』，从生不从主，誤。其注宋亦誤从生，下文他口切有『㚢』字。」方校：「案：『㚢』譌从生，據宋本及《類篇》正。後他口切『㚢』注亦誤。」按：明州本、錢鈔从王，不成字。

[二四] 方校：「案：《釋器上》作『瓿』，與『𤭛』通。」

[二五] 方校：「案：《説文》止作『𦬕爰』。此『篛』下从兩，尤誤。」按：明州本、錢鈔注作「𦬕爰」。余校、濮校、錢校同。馬校：「『篛』當作『篛』，宋亦誤。上普后切作『篛箻』。」

[二六] 方校：「案：『犃』譌从手，據《釋獸》及本文正。」按：明州本、潭州本、金州本、毛鈔、錢鈔注「掊」作「犃」。陳校、龐校、濮校、錢校同。馬校：「注『犃』，局作『掊』。」

[二七] 明州本、錢鈔注「之」字作「作」。濮校同。誤。潭州本、金州本、毛鈔作「之」，不誤。

[二八] 丁校據《説文》改「襄」作「褱」。方校：「案：『牧』譌『牝』，『褱』譌『襄』，據大徐本正，小徐本『褱』作『懷』。」按：明州本、金州本、錢鈔「牝」字正作「牧」。龐校、濮校、錢校同。又明州本、潭州本、金州本、毛鈔、錢鈔注「襄」字正作「褱」。段校、汪校、韓校、陳校、龐校、濮校、錢校同。

[二九] 方校：「案：『某』譌『且』，據《類篇》正。」

[三〇] 方校：「案：大徐本同，段氏从小徐本『莬』作『兔』。」按：明州本、金州本無注中「莬」字。龐校：「『莬』字無。」

[三一] 毛鈔注「艸」字作「草」。馬校：「『草』，局作『艸』。『艸』、『草』古今字。」

[三二] 方校：「案：『碢』譌『母』，據《類篇》及本文正。」《玉篇·石部》：「碢，雲碢，藥名。」

[三三] 方校：「案：『宫』譌『官』，據《説文》正。」按：明州本、錢鈔注「官」字正作「宫」。陳校、龐校、濮校、錢校同。馬校：「『宫』，局誤『官』。」

[三四] 明州本、金州本、毛鈔、錢鈔「㝅」字作「寈」，注同。龐校、濮校同。馬校：「局作『㝅』，注同，宋本誤。」

[三五] 《類篇·耳部》同。按：《玉篇·耳部》：「聦，先口切，《字林》云：『聦，𤛹名也。』」《廣韻》：「聦，《字林》云：『聦，𤛹名也。』」引《字林》「聦」下並有「𤛹名」兩字，似可補。

[三六] 明州本、錢鈔注「犬」字作「大」。龐校同。誤。潭州本、金州本、毛鈔注作「犬」，不誤。

[三七] 丁校據《説文》「圃」字作「蒲」。方校：「案：《説文》『甫』作『圃』，『雝』作『雍』，『圃』作『蒲』，宋本竝與此同。『沇』，段氏从小徐本作『兖』，『井』當改『丼』。」按：明州本、潭州本、金州本、毛鈔、錢鈔注「井」字正作「丼」。余校、陳校、顧校、龐校、濮校、錢校同。

[三八] 明州本、毛鈔、錢鈔「箁」字作「箁」。龐校、濮校同。

[三九] 明州本、毛鈔、錢鈔注「菒」字作「菜」。段校、陳校、龐校、濮校、錢校同。馬校：「『菜』，局誤『菒』。」方校：「案：『菜』譌『菒』，據宋本及《釋器》正。」

[四〇] 《類篇·厂部》同。陳校：「『厚』，《廣韻》从广。」

[四一] 《類篇·石部》同。明州本、錢鈔「礮」字作「𥗾」，注「石」字作「后」。濮校同。誤。潭州本、金州本、毛鈔作「礮」，注作「石」，不誤。

[四二] 明州本、錢鈔注「也」字作「人」。龐校同。按：《漢書·張良傳》：「沛公曰：『鯫生説我距關毋内諸侯，秦地可王也，故聽之。』顔注：「服虔曰：『鯫音七垢反。鯫，小人也。』師古曰：服説是也。」作「人」疑是。

[四三] 明州本、錢鈔注「捊」字作「持」。龐校、濮校同。按：《説文·手部》：「采，捊取也。」明州本疑誤。潭州本、金州本、毛鈔作「捊」，不誤。

[四四] 方校：「案：『歪』譌『歪』，『夭止』下奪『夭止』二字，據《説文》正補。」

[四五] 陳校：「『牡』當作『牝』。」按：明州本、錢鈔注「牡」字正作「牝」。龐校同。

[四六] 明州本、毛鈔、錢鈔注「外」字作「升」。余校、段校、韓校、陳校、龐校、濮校、錢校同。方校：「案：『升』譌『外』，據宋本及《説文》正。」

［四七］方校：「案：『栱』譌从手，據《類篇》、《韻會》正。」按：明州本、毛鈔、錢鈔注「拱」字正作「栱」。陳校、龐校、濮校同。

［四八］陳校：「《類篇》『立』作『丘』。」

［四九］陳校：「『斢』，《類篇》作『黈』。」按：明州本、潭州本、金州本、毛鈔、錢鈔注「斢」字正作「黈」。余校、韓校、陳校、龐校、濮校、錢校同。方校：「案：注『黈』譌『斢』，據宋本及《類篇》正。」

［五〇］明州本、金州本、錢鈔注「黈」字作「黈」。余校、汪校、陳校、陸校、龐校、濮校、錢校同。按：束晳《餅賦》：「劍帶案盛，黏黈髓燭。」字正作「黈」。

［五一］馬校：「『色』，局作『首』，宋本誤也，《類篇》作『黑首』。」

［五二］段校「諳」作「諳」。陳校：「『諳』，《類篇》作『諳』。」方校：「案：『諳』譌从音，據《類篇》正。」

［五三］方校：「案：當从《說文》作『鏗』、『罡』。」

［五四］丁校：「兩漢《志》嬴陵在交趾。」方校：「案：《漢志》嬴陵屬交趾郡，非蒼梧也。孟康音蓮籆。」

［五五］方校：「案：『干』譌『千』，據《類篇》正。」按：明州本、潭州本、金州本、毛鈔、錢鈔注「千」字正作「干」。陳校、陸校同。

［五六］錢鈔注「畦」字作「娃」。誤。明州本、潭州本、金州本、毛鈔注作「畦」，不誤。

［五七］明州本、潭州本、金州本、錢鈔注「穗」字作「穗」。龐校同。

［五八］方校：「案：此三字當从㱿，作『㝅』、『𣪊』、『𣪏』。」按：毛鈔「㝅」、「𣪊」、「𣪏」作「㝅」、「𣪊」、「𣪏」。陳校、顧校同。

馬校：「凡从『㱿』之字，宋皆如是作，局俱少一畫。」

［五九］明州本、錢鈔注「穀」字作「穀」，當爲「穀」之誤。顧校、陸校、龐校同。

［六〇］明州本、錢鈔「染」字作「染」。濮校同。

［六一］明州本、錢鈔注「婄」字作「婷」。龐校、濮校同。誤。潭州本、金州本、毛鈔作「婄」。不誤。

四十六黝

［一］明州本、錢鈔注「皐」字作「鼻」。濮校同。

［二］方校：「案：《說文》『崙』作『侖』。」按：明州本、潭州本、金州本、錢鈔注「崙」字作「崘」。濮校同。馬校：「『崘』，局作『崙』。」

［三］明州本、錢鈔注「土」字作「上」。濮校同。誤。潭州本、金州本、毛鈔作「土」，不誤。

［四］余校从「丩」者並改「丩」。按：明州本、潭州本、金州本、毛鈔、錢鈔注「糾」字作「糾」。龐校、濮校同。

［五］明州本、潭州本、金州本、毛鈔、錢鈔注「動」字作「勁」。陳校、龐校、濮校、錢校同。方校：「案：『勁』譌『動』，據宋本及《說文》正。小徐本『才』作『材』。」

［六］明州本、毛鈔、錢鈔注「聊」字作「聊」。韓校、龐校同。方校：「案：『聊』譌『聊』，據宋本及《釋文》正。」按：潭州本、金州本作「聊」。

［七］明州本、錢鈔正文「鬮」作「鬮」，注「鬮」字作「鬮」。韓校、龐校、濮校、錢校同。陸校注「鬮」字作「鬮」。方校：「案：正文『鬮』，注文『鬮』，竝譌作『鬮』，據《說文》正。宋本注作『鬮』，亦誤。」按：蒙所見毛鈔作「鬮」，不誤。

四十七寑

［一］明州本、潭州本、金州本、毛鈔、錢鈔从「㝱」之字並作「㝱」，「彐」俱作「⺕」。

[二]《說文》：「寑，籀文寑省。」注作「㝲」，脫「巾」。明州本、毛鈔、錢鈔不誤。陳校、龐校、濮校同。

[三] 方校：「案：『帚而作頌』，見漢《幽州刺史朱龜碑》。」

[四] 潭州本、金州本、毛鈔「寑」字作「寑」。陳校、龐校、濮校同。明州本、錢鈔作「寑」。

[五] 方校：「案：『寱』字複出，今據《說文》、《類篇》改上一字爲『寱』。」按：方校是。明州本、潭州本、金州本、毛鈔、錢鈔上一字作「寱」。陳校、龐校、濮校、錢校同。

[六] 方校：「案：『爪』譌『瓜』，據《公羊·定八年》釋文正。」按：潭州本、金州本、毛鈔注「瓜」字正作「爪」。陳校、陸校同。

[七] 方校：「案：『曰』譌『日』，據《類篇》正。」按：明州本、金州本、毛鈔、錢鈔注「日」字正作「曰」。陳校、顧校、陸校、龐校、濮校、莫校、錢校同。馬校：「『曰』，局誤『日』。」

[八] 方校：「案：『頁』譌『貝』，據《類篇》及本文正。」按：明州本、毛鈔、錢鈔注「貝」字正作「頁」。陸校、龐校、濮校、莫校、錢校同。馬校：「『頁』，局誤『貝』。」

[九] 方校：案：「《廣雅·釋訓》寑『伈伈』二字，王氏據此及《類篇》補。」

[一〇] 方校：「案：《廣雅·釋詁二》作『譖』。注『曰』譌『日』，據《類篇》正。」按：明州本、金州本、毛鈔、錢鈔注「日」字正作「曰」。陳校、顧校、濮校、莫校、錢校同。馬校：「『曰』，局誤『日』。」

[一一] 陳校：「『寖』，《廣韻》作『瀋』，《玉篇》作『寑』。」

[一二] 余校从「采」並改从「釆」，《說文》下增「作宷」二字。方校：「案：『宷』譌『宩』，據《說文·采部》正。」按：明州本、毛鈔「宩」字正作「宷」。陳校、龐校同。

[一三] 明州本、金州本、毛鈔、錢鈔注「粡」字作「粡」。陳校、龐校、濮校、錢校同。汪校「吕」旁改「目」。馬校：「『粡』，局誤『粡』。」

[一四] 馬校：「案：《禮記·內則》『榆沈』，『沈』即『瀋』之假借，故『瀋』、『沈』以爲同字。」按：「榆沈」見《禮記·檀弓下》，非《內則》文。

[一五] 明州本、潭州本、金州本、毛鈔、錢鈔「瞫」字作「瞫」，注同。段校同。

[一六] 據《沁韻》時鴆切「顚」字注，此字爲重言，注「弱」上當增「顚顚」二字。

[一七]《廣韻》作「魫」。

[一八] 明州本、毛鈔、錢鈔「甚」字作「甚」，注同。馬校：「凡从『甚』諸字皆如是作，局誤作『甚』。」莫校：「作『甚』，下同，不具出。」某氏校：「凡从『甚』者，皆上从甘，下从匹，俗作『甚』，非。」

[一九] 方校：「案：『耦』下二徐本竝有『也』字。『遇』當从《廣韻》作『過』。」

[二〇] 方校：「案：本書从『壬』者皆誤作『壬』。」某氏校：「凡从『壬』得聲者，从『壬』不从『壬』。『壬』音挺，『徵』、『望』、『聖』、『呈』、『廷』、『聽』、『鐵』之類从之，見《字鑑》。」

[二一] 明州本、潭州本、金州本、毛鈔、錢鈔注「朓」字作「朓」。韓校、陳校、顧校、陸校、龐校、濮校、莫校、錢校同。馬校：「『朓』，局誤『朓』。」方校：「案：注『朓』譌『朓』，據宋本正。」

[二二] 明州本、錢鈔注「齋」字作「齋」。龐校、濮校同。

[二三] 馬校：「《說文》讀若『飪』，『羑』字从此，今『羑』譌『夾』，从干，見平聲《談韻》、《鹽韻》、《廣韻》已然。」方校：「案：《說文》作『羊』。」

[二四] 明州本、潭州本、金州本、毛鈔注「楸」字作「揪」。汪校、韓校、陳校、龐校同。方校：「案：『揪』譌从木，據宋本及《說文》正。」

[二五] 明州本、錢鈔注「二」字作「一」。龐校同。誤。濮校：「按：《說文》作『入一爲羊』。」

[二六]《廣韻》同「痒」。陳校：「『瘆』同『痒』，寒病。又見《玉篇》。」

[二七] 方校：「案：『酢』譌『醋』，據《廣雅·釋器下》正。」

[二八] 明州本、潭州本、金州本、毛鈔、錢鈔注「踔」字作「踔」。段校、汪校、陳校、陸校、龐校、濮校、錢校同。馬校：「局誤『踔』爲『踔』。」方校：「案：『踔』譌『踔』，據宋本正。」

[二九] 明州本、錢鈔注「毒」字作「毒」。龐校同。

[三〇] 陳校：「『聚』疑『驟』字之譌。」按：《玉篇・馬部》：「駸，七林、子心二切。駸駸，驟皃，行疾皃。」阮籍《詠懷詩》八十二首之九：「皋蘭被徑路，青驪逝駸駸。」陳校或是。

[三一] 方校：「案：『穀』譌『榖』，據《説文》正。」按：明州本、錢鈔注作「穀」，毛鈔作「穀」。顧校、陸校、龐校、濮校同。

[三二] 明州本、毛鈔、錢鈔注「藤」字作「藤」。錢校同。方校：「案：『藤』譌从糸，據宋本正。」

[三三] 明州本、錢鈔注「搏」字作「博」。衛校、龐校同。

[三四] 莫校「剌」作「刺」。

[三五] 方校：「案：『椓』譌从手、从豕，據《類篇》正。」按：明州本、錢鈔注「㧻」字作「椓」。龐校、錢校同。

[三六] 方校：「案：此係新坿字。」

[三七] 明州本、潭州本、金州本、毛鈔注「鉦」字作「鉦」。余校、韓校、陳校、顧校、龐校、濮校、莫校、錢校同。丁校據《文選》「鉦」改「鉦」。方校：「案：『鉦』譌从狂，據宋本及《文選・王褒〈洞簫賦〉》正。」按：錢鈔注誤作「錐」。

[三八] 明州本、錢鈔注「一」字作「八」。濮校：「『一』，宋本作『八』，誤。」按：此小韻共十一字，潭州本、金州本、毛鈔注作「一」，不誤。

[三九] 方校：「案：『栿』，《説文》作『栚』。」

[四〇] 方校：「案：注『槌』譌从手，『横』下奪『者』字，今竝據正。」按：明州本、潭州本、金州本、錢鈔注「搥」字正作「槌」。陳校、陸校、龐校、濮校、莫校、錢校同。馬校：「局从手。」

[四一] 明州本、金州本、毛鈔、錢鈔注「黔」字作「黔」。韓校、陳校、龐校、濮校、錢校同。方校：「案：『黔』譌『黔』，據宋本及《説文》、《廣韻》正。」

[四二] 方校：「案：『㯮』上譌从八，據《類篇》正。」按：明州本、毛鈔、錢鈔「㯮」字正作「㯮」。韓校、濮校、莫校、錢校同。馬校：「『㯮』，局作『㯮』，注同。」

[四三] 毛鈔、錢鈔注「㯮」字作「㯮」。莫校同。

[四四] 明州本、錢鈔注「瘠」字作「瘖」。濮校同。誤。潭州本、金州本、毛鈔注作「瘠」。

[四五] 明州本、錢鈔注「侵」字作「侵」。龐校、濮校同。

[四六] 明州本、錢鈔注「尼」字作「尺」。龐校、濮校、錢校同。誤。潭州本、金州本、毛鈔注作「尼」，《廣韻》、《類篇》同。

[四七] 明州本、錢鈔注「鉦」字作「鉦」。段校、陸校、莫校同。馬校：「注『鉦』，局誤『鉦』，宋不誤。」

[四八] 明州本、錢鈔「㮰」字作「㮰」。龐校、濮校同。潭州本、金州本、毛鈔作「㮰」。

[四九] 《類篇》注「皃」字作「也」。

[五〇] 明州本、潭州本、金州本、毛鈔、錢鈔「氽」字作「氽」。龐校、濮校同。

[五一] 某氏校：「『歈』字重文，《類篇》無『汆』、『涂』。」

[五二] 明州本、毛鈔、錢鈔注「皃」字作「也」。韓校、龐校、濮校、錢校同。方校：「案：『噫』譌从酉，據《類篇》正。『皃』字《類篇》同，宋本作『也』。」

[五三] 毛鈔注「軜」字作「軜」。

[五四] 明州本、錢鈔注「仰」字作「仲」。龐校、濮校同。誤。潭州本、金州本、毛鈔作「仰」，不誤。

[五五] 方校：「案：《徐無鬼篇》『未』下有『始』字。」

[五六] 明州本、錢鈔注「鎮」字作「鎮」。龐校、濮校、錢校同。誤。潭州本、金州本、毛鈔作「鎮」。

[五七] 方校：「案：『頭』譌『明』，據《玉篇》、《類篇》正。」按：明州本、潭州本、金州本、毛鈔、錢鈔注「明」字正作「頭」。韓校、陳校、顧校、陸校、龐校、濮校、錢校同。

四十八感

[一] 明州本、潭州本、金州本、毛鈔、錢鈔注「篋」字作「篋」。韓校、龐校、濮校、錢校同。

[二] 毛鈔「灨」字作「灨」，「贛」字作「贛」。馬校：「『灨』、『贛』从貝是也。宋从頁，失其體矣。案：『贛』即『贛』之俗。《爾雅》：『贛，賜也。』孔子弟子端木賜，字子贛，名字相應。『贛』，从貝，竷省聲，苦感切。今江西贛榆縣，江西贛州府作『贑』，非是。讀作感，古音之存者。」

[三] 卷子本《玉篇·水部》：「灝，公道、公憛二反。《說文》煮豆汁也。」《廣韻》：「灝，豆汁也。」此「灝」當作「灝」。

[四] 明州本、錢鈔「嘁」字作「感」。濮校同。脱「口」旁。潭州本、金州本、毛鈔不脱，與《類篇》同。

[五] 方校：「案：注『鹹』譌『鹹』，據《類篇》正。」按：明州本、潭州本、金州本、毛鈔、錢鈔注「鹹」字正作「鹹」。顧校、陸校、龐校、濮校、莫校、錢校同。馬校：「局誤『鹹』爲『鹹』。」

[六] 潭州本、金州本、毛鈔「贛」字作「贛」。余校、韓校、陳校、龐校、濮校、錢校同。馬校：「『贛』，局誤『贛』。」方校：「案：『贛』譌从貝，據宋本及《說文·酉部》正。字本从酉，竷省聲，《類篇》不省，作『醬』，非是。」

[七] 陳校：「『蘸』，《本草炮炙論》作『糂』。」

[八] 明州本、錢鈔注「毛」字作「宅」。濮校同。誤。潭州本、金州本、毛鈔作「毛」。與《類篇》同，不誤。

[九] 陳校：「《廣韻》作『顄』。」

[一〇] 明州本、錢鈔注「不」字作「下」。龐校、濮校同。按：潭州本、金州本、毛鈔作「不」。與《說文》同。

[一一] 明州本、錢鈔注「裂」字作「製」。濮校同。誤。潭州本、金州本、毛鈔作「裂」。與《類篇》同，不誤。

[一二] 方校：「案：字見《說文·夂部》，『夅』當作『夅』，『夂』當作『夂』。」

[一三] 陳校：「『竷』从夂。一曰擊也，當从支，見下，不从夂。」

[一四] 陳校：「从支。」

[一五] 方校：「案：『頜』譌『頜』，據《說文》正。」

[一六] 方校：「案：《說文》作『[篆文]』，段氏校本改『[篆文]』，參隸體作『柬』，與『从木马』之義合，當據正。『華』，大徐本作『䔲』，此从小徐。」按：明州本作「柬」。龐校、濮校、錢校同。余校作「柬」，陳校作「柬」。

[一七] 明州本、錢鈔注「緘」字下空二格。龐校：「『緘』下空二格。」濮校同。按：他本不空。

[一八] 陳校：「『埯』、『揜』二字入《敢韻》。」丁校：「『埯』、『揜』二字《廣韻》見《四十九敢》。」

[一九] 明州本、金州本、毛鈔、錢鈔注「千」字作「于」。汪校、陳校、顧校、陸校、龐校、濮校、莫校同。馬校：「『于』，局誤『千』。」方校：「案：『于』譌『千』，據宋本正。」余校「門」下增「者」字。

[二〇] 丁校：「《毛詩》『嬒』作『儼』，《釋文》本又作『嚴』。」方校：「案：《太平御覽》三百六十八引《韓詩》作『嬒』。」

[二一] 明州本、錢鈔注「嵁」字作「蜌」。濮校同。誤。馬校：「『嵁』不成字體，局作『嵁』，不誤。『𡸝』字从崗，局作『𡸝』則誤矣。」

[二二] 《類篇·人部》「僋」字作「僋」，誤。明州本、潭州本、金州本、毛鈔、錢鈔均作「僋」，本書《豏韻》丑減切、《范韻》丑犯切亦俱作「僋」，不誤。

[二三] 《類篇》同。余校注「可」作「呵」。按：去聲《闞韻》苦濫切「嘁」字注正作「呵」。

[二四] 方校：「案：『糌』譌从朁，據《說文》篆體正。」按：明州本、潭州本、金州本、毛鈔、錢鈔「糌」字正作「糌」。

[二五] 馬校：「案：此《爾雅》郭注也。《釋器》『糁謂之涔』，舊本皆作『米』旁『參』。《詩》正義作『槮』。本音參。郭承孫本，故亦『木』旁。《小爾雅》亦作『木』旁。然則舊本皆作『槮』不作『糁』矣。後人因説家有積柴之義，改爲『木』旁。不知『糁』是借字，其正字當作『罧』字，沈重音桑感反。」

[二六] 方校：「案：『入』譌『人』，『薄』譌『簿』，據《爾雅·釋器》郭注正。」按：明州本、潭州本、金州本、毛鈔、錢鈔注「人」字

正作「入」。余校、龐校、濮校同。馬校：「『入』，局誤『人』，《廣韻》亦作『入』。」

[二七] 陳校：「『俟』，《類篇》作『侯』。」按：明州本、潭州本、金州本、毛鈔、錢鈔注「俟」字正作「侯」。汪校、顧校、陸校、龐校、濮校、莫校、錢校同。方校：「案：『侯』譌『俟』，據宋本及《儀禮・大射儀》正。」

[二八] 丁校據《類篇》作「睃」。方校：「案：『睃』譌从貝，據《類篇》正。」按：明州本、潭州本、金州本、毛鈔、錢鈔「睃」字正作「睃」。陳校、龐校、濮校同。

[二九] 明州本、錢鈔注「七」字作「十」。濮校同。誤。潭州本、金州本、毛鈔作「七」，不誤。

[三〇] 明州本、金州本、毛鈔、錢鈔注「㲋」、「蝨」作「蟁」、「蝱」。陳校、龐校、濮校、錢校同。汪校「亠」改「亡」。方校：「案：《天運篇》『蚊虻嗜膚』，釋文：『蚊亦作蟁，虻亦作蝱。』此作『㲋』、『蝨』，誤。宋本及《類篇》亦可證。」

[三一] 明州本、潭州本、金州本、毛鈔、錢鈔注「僭」字作「僣」。汪校、陳校、龐校、濮校同。方校：「案：『朁』譌『朁』、『朁』，據《說文》正。『僭』當从宋本作『僣』。」

[三二] 明州本、潭州本、金州本、毛鈔、錢鈔「寁」字作「寁」。汪校、顧校、龐校、濮校、莫校同。方校：「案：『寁』譌『寁』，據宋本及《說文》正。」

[三三] 方校：「案：大徐云：『今俗有咎字，蓋朁之譌。』據此，凡偏旁从『咎』皆非。」

[三四] 余校作「手」。方校：「案：『手』譌『毛』，據《廣韻》、《類篇》正。」

[三五] 丁校：「案：《說文》、《玉篇》字當作『歁』，此承《廣韻》之誤。」

[三六] 明州本、潭州本、金州本、毛鈔、錢鈔注「殖」字作「葅」。余校、段校、汪校、衛校、韓校、陳校、陸校、龐校、濮校、錢校同。

馬校：「『葅』字誤，唯《廣韻》作『俎』，不誤。局作『殖』，更誤。」方校：「案：『葅』譌『殖』，據宋本及《左・僖三十年傳》釋文正。」

[三七] 陳校：「『彊』，《廣韻》作『彊』。」

[三八] 方校：「案：二徐本同，《類篇》『滓』作『滓』，誤。」

[三九] 方校：「案：《廣韻》引《埤蒼》云：『祝，被緣也。』此从示，誤。」按：明州本、潭州本、金州本、毛鈔、錢鈔「祝」字正作「祝」。陳校、龐校、濮校、莫校同。馬校：「『祝』，局誤从示。」

[四〇] 方校：「案：『丼』即《說文》『丼』字，此音訓未詳。《廣韻》都感切有『冄』字，亦訓姓。『冄』係『丹』古文，非从井取義也。」按：明州本、錢鈔「丼」字作「井」。龐校、濮校、錢校同。

[四一] 陳校：「『芜』、『紞』，《廣韻》入《敢韻》，都感切。」

[四二] 明州本、錢鈔注「髮」字下空一格。濮校同。按：潭州本、金州本、毛鈔不空。

[四三] 馬校：「『篕』，《廣韻》作『篕』。」

[四四] 明州本、錢鈔注「顲」字作「顲」。段校、龐校同。馬校：「『顲』當作『顲』，宋亦誤。」

[四五] 方校：「案：『㔷』、『檟』竝見《說文・匚部》，此从頁，重文从手，非。惟《說文》說小栝，與此異義。」按：明州本、潭州本、金州本、毛鈔、錢鈔「擠」字作「檟」。陳校、龐校、濮校同。馬校：「『檟』，局誤从扌。」

[四六] 明州本、錢鈔注「篋」字作「篋」。余校、濮校、錢校同。

[四七] 明州本、毛鈔、錢鈔「禓」字作「禓」。陳校、顧校、陸校、龐校同。與《說文》合。馬校：「『禓』，局誤从示。」

[四八] 明州本、錢鈔注「衣」字作「木」。龐校同。誤。潭州本、金州本、毛鈔作「衣」。與《說文》合。

[四九] 方校：「案：『盬』入《血部》，此从皿，非。注『醓』譌『醓』，『脯』上奪『乾』字，『粱』譌『粱』，『䈰』譌『䈰』，據大徐本補正。小徐本惟『以』作『㠯』，『䈰』作『麴』，餘竝同。『或作醓』之『醓』，當从正文作『醓』。《類篇》則『盜』、『盬』與『盬』均入《血部》。」按：明州本、毛鈔、錢鈔『盜』、『醓』、『盬』三字，並从血，注同。韓校、陳校、陸校、龐校、濮校、錢校同。馬校：「凡从『血』諸字宋本皆如是作，局俱从皿，少丿，不可从。注『醓』，局誤『醓』。」明州本、毛鈔、錢鈔注「䈰」作「䈰」。濮校同。

[五〇] 陳校：「『試』，《類篇》作『譈』。」方校：「案：《類篇》『試』作『譈』。《言部》亦無『試』字，今據正。」

[五一] 方校：「案：『含』譌『含』，據《說文》正。」按：明州本、潭州本、金州本、毛鈔、錢鈔注「含」字正作「含」。濮校同。

［五二］明州本、毛鈔、錢鈔「窞」字作「窞」。陳校同。馬校：「凡宋从『窞』諸字皆如是作，局俱誤『窞』。」

［五三］明州本、錢鈔「突」字作「窔」。段校、濮校、錢校同。馬校：「『窔』，局誤『突』。」按：《廣韻》作「窔」，訓「竈突」。《説文》：「突，深也。一曰竈突。」

［五四］方校：「案：『芙蓉』係新坿字，小徐本只作『夫容』爲是。」

［五五］余校「菡」作「菡」。韓校同。

［五六］明州本、毛鈔、錢鈔注「嵌」字作「嵌」。龐校同。與正文合。

［五七］方校：「案：『頴』譌从亓，據《夏官・職方氏》正。」按：明州本、錢鈔注「頴」字正作「潁」。顧校、龐校、濮校、莫校同。馬校：「『潁』，局誤『頴』。」

［五八］潭州本、金州本、毛鈔注「軜」字作「軜」。

［五九］明州本、金州本、毛鈔、錢鈔注「劍」字作「劒」。馬校：「『劒』，局作『劍』，同。」

［六〇］明州本、潭州本、金州本、毛鈔、錢鈔注「女」字作「玄」。余校、段校、韓校、陸校、陳校、龐校、濮校、莫校、錢校同。馬校：「局誤『玄』爲『女』。」按：《太玄》見《玄圖》。范望注：「欿窞，曲内也。」

［六一］《類篇・女部》注「名」作「字」。平聲《覃韻》徒南切「嫜」字注亦作「字」。

［六二］方校：「案：『坎壈』之『壈』譌『壈』，據《類篇》及本文正。」按：明州本、潭州本、金州本、毛鈔、錢鈔注「壈」字正作「壈」。韓校、龐校、濮校同。

［六三］明州本、潭州本、金州本、毛鈔、錢鈔「顑」字作「顑」。汪校、韓校、陳校、錢校同。馬校：「『顑』，局誤『顑』。」方校：「案：『顑』譌『顑』，據宋本及注文正。」

［六四］明州本、錢鈔注「汁」字作「沐」。龐校、濮校同。誤。潭州本、金州本、毛鈔作「汁」。與《類篇》同。

［六五］明州本、錢鈔注「枺」字作「棟」。龐校、濮校、錢校同。誤。潭州本、金州本、毛鈔作「枺」。《玉篇・酉部》：「醂，力感切，藏枺也。」可證。

［六六］馬校：「局『打』下有『也』字，宋本脱去。」按：蒙所見毛鈔有「也」字。明州本、潭州本、金州本、錢鈔均有「也」字。

［六七］明州本、錢鈔注「玉」字作「三」。濮校同。誤。潭州本、金州本、毛鈔作「玉」。與《類篇・林部》同。

［六八］潭州本、金州本「膗」字作「膗」。

［六九］方校：「案：『翢』譌『翢』，據《廣雅・釋器下》正，《類篇》作『翢』，亦誤。」按：陳校：「『翢』作『翢』，同。」非誤字。明州本、潭州本、金州本、毛鈔、錢鈔「翢」字正作「翢」，注同。韓校、顧校、龐校、濮校、莫校同。

［七〇］明州本、潭州本、金州本、毛鈔、錢鈔注「穇」字作「穇」。陳校、龐校、濮校、錢校同。汪校改从米。方校：「案：『穇』，譌从禾，據宋本及《類篇》正。」

［七一］《玉篇・艸部》注「艸」字作「草」。

［七二］明州本、潭州本、金州本、毛鈔、錢鈔注「嘗」字作「嘗」。濮校同。《類篇》亦作「嘗」。

［七三］明州本、毛鈔、錢鈔注「喃」字作「喃」。陳校、濮校、錢校同。方校：「案：『喃』字譌从口，據宋本及本文正。」

［七四］陳校：「《廣韻》入《敢韻》盧敢切。」

［七五］余校「以」作「从」。是。

［七六］明州本、潭州本、金州本、毛鈔、錢鈔「夛」字作「叏」。汪校、韓校、陳校、顧校、龐校、濮校、莫校、錢校同。馬校：「『叏』，局誤『夛』。」方校：「案：『叏』譌『夛』，據宋本正。」

［七七］某氏校：「『馬融《廣成頌》』：『揚金叏而拖玉瓖。』金叏，馬冠也。注『首飾』上當增『馬』字。」

［七八］明州本、潭州本、金州本、毛鈔、錢鈔「翢」字作「翢」。韓校、陳校、顧校、龐校、濮校、錢校同。

四十九敢

［一］余校「進」下補「取」字。陳校同。方校：「案：『進』下奪『取』字。『𠬪』譌『受』，據《說文》補正。『敢』、『𣪊』《說文》作『敢』、『𣪊』，左上不从『⺕』。」按：明州本、毛鈔、錢鈔注「𠬪」字正作「𠬪」。韓校、陳校、龐校、濮校、錢校同。馬校：「『𠬪』，局誤『受』。」

［二］明州本、錢鈔注「名」字作「民」。濮校同。誤。潭州本、金州本、毛鈔作「名」，不誤。

［三］方校：「案：『濩』譌从食，《類篇》同，據《韻會》正。」

［四］方校：「案：《舊唐書·大食國傳》名噉密莫末膩，新史『噉』作『瞰』，餘同。《類篇》『莫』作『摸』，亦誤。」按：明州本、錢鈔注「密」字正作「密」。龐校同。又明州本、錢鈔注「末」字正作「末」。余校、陳校、龐校、濮校同。

［五］明州本、錢鈔「𥂕」字作「𥂕」。濮校同。誤。潭州本、金州本、毛鈔作「𥂕」，不誤。

［六］方校：「案：『壏』譌『壏』，據《廣韻》、《類篇》正。」按：明州本、毛鈔、錢鈔注「壏」字正作「壏」。陳校、龐校、濮校、錢校同。馬校：「『壏』當作『壏』。」

［七］毛鈔注「散」字作「嵌」。汪校、陳校、陸校、濮校同。馬校：「『嵌』，局誤『散』。」按：明州本、錢鈔作「嵌」，不成字。

［八］方校：「案：『門』譌『門』，據《類篇》及本文正。」按：明州本、潭州本、金州本、毛鈔、錢鈔注「門」字作「門」。陳校、陸校、龐校同。馬校：「『門』，局誤『門』。」

［九］明州本、錢鈔注「敢」字作「歌」。濮校同。誤。潭州本、金州本、毛鈔作「敢」，不誤。

［一〇］方校：「案：『烏』譌『爲』，據宋本及《類篇》正。」按：曹本如此，顧氏重修本已改。

［一一］潭州本、毛鈔注「毋」字作「母」。莫校同。

［一二］陳校：「『䭕』，《廣韻》作『餡』。」方校：「案：《類篇》同，《廣韻》『䭕』作『餡』，誤。」

［一三］方校：「案：《類篇》『爲』上有『以』字。」

［一四］陳校：「『果』，《類篇》作『泉』。」

［一五］明州本、錢鈔注「二」字作「一」。誤。潭州本、金州本、毛鈔作「二」，不誤。

［一六］明州本、錢鈔注「汚」字作「汚」。誤。潭州本、金州本、毛鈔作「汚」。與《說文》同，不誤。

［一七］馬校：「下『𣘤』字宋本誤，當作『𣘤』，局不誤。《琰韻》有『𣘤』字。」

［一八］方校：「案：《山海經》五《中山經》：『合谷之山，是多薝棘。』此『棘』从兩朿，非是。」

［一九］明州本、潭州本、金州本、錢鈔注「䍐」字作「䍐」。是。

［二〇］方校：「案：『𦶮』當作『𦶮』，注『萑』譌『萑』，據馬氏《繫傳》及段氏校本正。」按：明州本、潭州本、金州本、錢鈔注「萑」字作「萑」。濮校同。

［二一］陳校：「『䮞』當从馬。荻之出生曰菼，一名烏蓲。《爾雅》䮞也，薍也。」

［二二］陳校：「『倓』，《廣韻》入《感韻》徒感切。」

［二三］明州本、錢鈔注「險」字作「地」。龐校、濮校、錢校同。誤。潭州本、金州本、毛鈔作「險」。

［二四］明州本、錢鈔「舌」字作「𦧇」。濮校同。誤。潭州本、金州本、毛鈔作「舌」。

［二五］明州本、潭州本、金州本、錢鈔注「染」字作「染」，濮校同。是。

五十琰

［一］方校：「案：此見《方言》一。」按：周氏校箋謂「未」爲「末」字之誤。

［二］　平聲《支韻》余支切「㡳」字注「闕」上有「門」字。

［三］　方校：「案：『遬』譌『遫』，據《說文》正。『赤而』，《山海經》一《西山經》作『而赤』。」按：明州本、毛鈔、錢鈔「遫」字正作「遬」。龐校、濮校同。馬校：「『遬』从欶，局誤敕。」

［四］　方校：「案：《釋器下》作『篕篕』。」

［五］　余校「説」字作「記」。陳校同。方校：「案：『記』譌『説』，據《類篇》正。句見《蘇秦傳》。」

［六］　余校「折」作「析」。陳校：「《方言》从手，『木』字無。」方校：「案：此見《方言》六，『櫩』，舊本多作『撊』，盧氏改『繝』，謂卷一『繝』訓未續，此訓續折，蓋因未續而續之，義似向反而實相成也。然宋本及《類篇》皆作『櫩』，今仍之，『木』字各本無。」

［七］　明州本、毛鈔、錢鈔「未」字作「末」。汪校、陸校、龐校、濮校同。馬校：「『末』，局誤『未』。」方校：「案：『末』譌『未』，據宋本及《類篇》正。」

［八］　陸校「母」作「毋」。莫校同。馬校：「『毋』局作『母』。」方校：「案：卷十四《大荒東經》有女和月母之國，有人名曰鳧，北方曰鳧，來之風曰狻，是處東極隅以止日月，使無相間出没，司其短長。郭氏於『曰狻』下注云：『言亦有兩足也。』則『狻』非國名，『狻』下亦無『氏』字。」

［九］　《廣韻》無「也」字。

［一〇］　沈濤《説文古本考》：「《一切經音義》卷九、卷十二引：『黶，面中黑子也。』蓋古本如是，今本脱『面』、『子』二字。大徐本『中』誤『申』。」

［一一］　《類篇·面部》注「面」下有「上」字。

［一二］　陳校：「从示。」丁校據《廣韻》作「禰」。方校：「案：『禰』譌从木，據《廣韻》、《類篇》正。」按：明州本、潭州本、金州本、毛鈔、錢鈔「樜」字正作「禰」。龐校、濮校、錢校同。

［一三］　大徐本無此篆，小徐本有。段注：「㱓，酒味苦也。《廣韻》、《玉篇》、《集韻》、小徐本皆同。汲古閣所據宋本奪此解，而毛扆補之於部末。」

［一四］　方校：「案：《類篇》『瘍』作『瘡』。」

［一五］　方校：「案：『閉』譌『開』，《類篇》同。據《禮記·大學》釋文正。」

［一六］　方校：「案：『忘』譌『志』，據《説文》及《廣雅·釋詁二》正。」按：明州本、潭州本、金州本、毛鈔、錢鈔注「志」字正作「忘」。段校、陳校、陸校、龐校、濮校、莫校、錢校同。馬校：「『忘』，局作『志』，誤。」

［一七］　明州本、錢鈔注「紐」字作「細」。濮校同。誤。潭州本、金州本、毛鈔作「紐」。《類篇·糸部》同。

［一八］　明州本、毛鈔、錢鈔注「坑」字作「坈」。段校、錢校同。方校：「案：『坑』譌『坈』，據宋本正。《類篇》依《説文》从𠂤作『阬』。」

［一九］　方校：「案：『朧』譌『朧』，據《玉篇》正。下訓笑皃之『曨』，亦當从《類篇》作『曨』。」

［二〇］　明州本、金州本、毛鈔、錢鈔注「川片」作「出丹」。余校、段校、衛校、韓校、陳校、陸校、龐校、濮校、錢校同。馬校：「『出丹』二字局誤作『川片』。」丁校據《説文》作「出丹」。又明州本、潭州本、金州本、毛鈔、錢鈔注「清」字作「漬」。汪校、韓校、陳校、顧校、陸校、龐校、濮校、錢校同。馬校：「『漬』，局誤『清』。」丁校據《廣雅》作「漬」。方校：「案：『出丹』譌『川片』，據宋本及《説文》正。『清』當从宋本及《類篇》作『漬』。」

［二一］　馬校：「案：《釋文》所引《字林》如是，《字林》實本《説文》也。今《書·禹貢》作『漸包』，自衛包所改。」方校：「案大徐本『苞』下有『也』字，此从小徐。」

［二二］　明州本、錢鈔注「闕」字作「關」。濮校同。誤。潭州本、金州本、毛鈔作「闕」。與《説文》同。

［二三］　馬校：「案：《廣韻》引《埤蒼》亦作『蘄』，麥秀及艸木苞皆作『蘄』。『蘄』，俗字也。《鹽韻》作『蘄』字不誤。」

［二四］　方校：「案：《公羊·哀六年傳》作『闖』，『覢』字《釋文》亦失收。」

［二五］　方校：「案：『夾』从兩入，與夾輔之『夾』从二人者不同，《説文》『陝』、『婡』二字从之。本書前後『肤』、『呹』、『悏』、『詼』、『㤼』、『睞』等字从『夾』得聲者可以類推。」按：潭州本、金州本、毛鈔「夾」字正作「夾」。汪校、陳校、顧校、龐校

同。馬校：「凡宋从『夾』諸字皆从二入，局俱从『夾』，非是。」

[二六] 明州本、潭州本、金州本、毛鈔、錢鈔注「裦」字作「褎」。汪校、衛校、顧校、陸校、龐校、錢校同。丁校據《說文》「裦」字作「褎」。方校：「案：『裦』字當从宋本作『褎』。」余校作「懷」。

[二七] 段校「弘」作「弖」。馬校：「『弖』避宋諱。」

[二八] 方校：「案：《類篇》『虢國』作『國號』。」

[二九] 陳校：「『敁』當作『攴』，从攴。《類篇》《攴》、《攴》二部兩收。又見《洽韻》昵洽切，盡也，从攴。」方校：「案：『敁』譌『敁』，後『敁』譌『敁』，竝據《類篇·攴部》正。」

[三〇] 陳校：「『貪』，亦作『貧』，一作『貪』。」方校：「案：《類篇》『貪』入《頁部》，未詳。」

[三一] 陳校：「當从攴，《類篇》《攴》、《攴》二部兩收。又見下止染切，从攴。」

[三二] 方校：「案：注『扠』譌『拈』。《類篇》作『掫』，亦誤。」

[三三] 明州本注「姓」字作「■」。錢鈔注「又」作「文」，下空兩格。

[三四] 明州本、錢鈔注「舊」字作「舊」。濮校同。誤。潭州本、金州本、毛鈔作「舊」，不誤。

[三五] 明州本、金州本、毛鈔、錢鈔注「姓」字作「荏」。余校、段校、韓校、陸校、龐校、濮校、錢校同。馬校：「『荏』，局誤『姓』。」方校：「案：『荏』譌『姓』，據宋本及《類篇》正。『木』下『一』字誤衍。」

[三六] 明州本、潭州本、金州本、毛鈔、錢鈔注「文」下有「一」字。方校：「案：此見《廣雅·釋詁三》，『文』下奪『一』字，據宋本補。」按：曹本脱「一」字，顧氏重修本已補。

[三七] 明州本、錢鈔注「檑」字作「檑」。濮校同。

[三八] 明州本、毛鈔、錢鈔注「里」字作「厓」。段校、韓校、陳校、陸校、龐校、濮校、莫校、錢校同。馬校：「『厓』，局誤『里』。《儼韻》作『崖』。」方校：「案：『厓』譌『里』，據宋本及《類篇》正。」

[三九] 陳校：「《廣韻》从水，《類篇》亦从水。」方校：「案：《釋詁二》及《文選·潘岳〈寡婦賦〉》注、《說文》、《廣韻》、《類篇》

『溓』竝作『溓』，今據正。」按：明州本、錢鈔『溓』字作『溓』。龐校、濮校同。

[四〇] 明州本、潭州本、金州本、毛鈔、錢鈔注「大」字作「犬」。汪校、韓校、陳校、龐校、濮校同。方校：「案：『犬』譌『大』，據宋本及《爾雅·釋畜》正。」

[四一] 方校：「案：『角』上奪『羊』字，據《類篇》補。」

[四二] 方校：「案：今本未見，王氏坿録於《釋言》後。」

[四三] 明州本、潭州本、金州本、毛鈔、錢鈔注「晪」字作「畘」。余校、汪校、衛校、韓校、龐校、濮校同。馬校：「『畘』，局誤『晪』。丁校據《類篇》作『畘』。」方校：「案：『畘』譌『晪』，據宋本正。《類篇》『畘』入《田部》覩敢切，『棶』入《林部》虛檢切。」

[四四] 明州本、毛鈔、錢鈔注「顧」字作「顧」。濮校同。潭州本、金州本、毛鈔注作「顧」。與《類篇》同。

[四五] 潭州本、金州本、毛鈔注「末飫」作「末飫」。韓校、陳校、龐校、濮校同。明州本、錢鈔注作「不飫」。錢校同。馬校：「『末飫』局作『末飲』。」方校：「案：『末飫』譌『末飲』，據宋本及《類篇》正。《忝韻》苦簟切作『食不飽』，其義同。」

[四六] 陳校：「《廣韻》入《儼韻》丘广切。」

[四七] 馬校：「『尾』，局作『尾』，尾、尾古今字。」

[四八] 明州本、毛鈔、錢鈔注「裦」字作「褎」。濮校、錢校同。段校、陳校、陸校、莫校作「裦」。馬校：「『裦』當作『裦』。宋亦誤，不成字。」方校：「案：『裦』譌『裦』，據《類篇》正。」

[四九] 潭州本、金州本、毛鈔注「岐」字作「歧」。韓校、陸校、龐校、濮校同。馬校：「『歧』，俗。局作『岐』，是。」方校：「案：『岐』，《類篇》同，宋本作『歧』。『下或作岐』，即所謂燕尾也。」

[五〇] 明州本、潭州本、金州本、毛鈔、錢鈔注「臉」字作「瞼」。韓校、陳校、龐校同。馬校：「『注瞼』，局作『月』旁。」方校：「案：『瞼』譌从肉，據宋本及《廣韻》正。」

[五一] 陳校：「『險』，《類篇》作『陝』。」方校：「案：『陝』譌『險』，據《爾雅·釋山》音義引《字林》正。」

[五二] 明州本、毛鈔、錢鈔「穿」字作「穽」。陳校、龐校同。疑誤。馬校：「『穽』，局作『穿』，注同。此『弅』之異體，疑皆从宀。」按：潭州本、金州本作「穿」。與《説文》合。

[五三] 方校：「案：『寱』譌『寰』，據《説文・𠂆部》正。」

[五四] 方校：「案：『取』譌『反』，據《説文》正。」按：明州本、毛鈔、錢鈔注「反」字作「取」。余校、龐校、錢校同。

[五五] 明州本、錢鈔「旃」字作「旃」。潭州本、金州本、毛鈔作「旃」。汪校、韓校、龐校、濮校、錢校同。方校：「案：『旃』譌『旃』，據宋本及《類篇》正。」

[五六] 明州本、潭州本、金州本、錢鈔注「車」下有「罔」字。陳校、顧校、陸校、龐校、濮校、錢校同。方校：「案：『車』下奪『罔』字，據宋本及《類篇》補。」按：毛鈔作「網」。

[五七] 方校：「案：『闇』譌『闇』，據《説文》正。大徐本『闇』作『奄』，此从小徐。」

[五八] 明州本、潭州本、金州本、毛鈔、錢鈔注「説文」下空處有「女有」二字。余校、陳校、顧校、陸校、龐校、莫校、錢校同。方校：「案：『心』上缺『女有』二字，據宋本及《説文》補。」

[五九] 方校：「案：《廣雅・釋詁一》『愛』作『薆』。」

[六〇] 明州本、潭州本、金州本、毛鈔、錢鈔「晻」字作「晻」。汪校、衛校、韓校、陳校、丁校、龐校、濮校、錢校同。方校：「案：『晻』譌从目，據宋本及《廣韻》正。」

[六一] 方校：「案：『棎』譌『棎』，據《廣雅・釋木》正。」

[六二] 明州本、潭州本、金州本、毛鈔、錢鈔「殗」字作「殗」。汪校、陳校、顧校、陸校、龐校、濮校、莫校、錢校同。馬校：「『殗』，局作『殗』，不成字。」方校：「案：『殗』譌『殗』，據宋本及《類篇》正。」

[六三] 明州本、潭州本、金州本、毛鈔、錢鈔注「瘗」字作「瘞」。陳校、顧校、龐校同。馬校：「注『瘞』，局誤『瘗』。」方校：「案：『瘞』譌『瘗』，據宋本及《類篇》正。」

[六四] 明州本、毛鈔、錢鈔注「蒚」字作「藹」。陳校、陸校、龐校、莫校、錢校同。馬校：「『藹』，局誤『蒚』。」丁校據《類篇》作「藹」。方校：「案：『藹』譌『蒚』，據宋本及《類篇》正。」

[六五] 明州本、毛鈔、錢鈔「淹」字作「淹」。陳校、顧校、龐校、莫校同。

[六六] 方校：「案：『裺』譌从衣，據《類篇》正。」按：明州本、潭州本、金州本、毛鈔、錢鈔「裺」字正作「裺」。余校、陳校、龐校、濮校、錢校同。

[六七] 明州本、毛鈔、錢鈔此字併注在「嬒」下「黤」上。段校、陸校、馬校、莫校、錢校同。方校：「案：宋本『黤』字在『嬒』下『黤』上。」

[六八] 方校：「案：《類篇》『椎』作『槌』，非。憶笈、乙業二音皆可證。」

[六九] 方校：「案：《廣雅・釋詁三》奪，王本據此及《類篇》補。」

[七〇] 明州本、潭州本、金州本、錢鈔注「當」字作「黨」。龐校同。

[七一] 明州本、潭州本、金州本注「龔」字作「龔」。濮校同。

[七二] 明州本、錢鈔注「炇」字作「炇」。錢校同。誤。潭州本、金州本、毛鈔作「炇」，不誤。

五十一忝

[一] 方校：「案：本書『忝』上从夭，誤。」某氏校：「『忝』字，《説文》从心，天聲。則上从夭者誤也。」

[二] 馬校：「『餂』當爲『銛』，訓取。《集韻》所據《孟子》已誤作『餂』矣。」方校：「案：此下『餂』、『䑙』、『栝』等字均當改从口舌之『舌』。」

[三] 明州本、潭州本、金州本、毛鈔、錢鈔注「光」字作「光」。韓校、龐校、濮校、錢校同。馬校：「局作『光』，『光』即『光』之隸變。」

[四] 明州本、毛鈔、錢鈔注「括」字作「栝」。汪校、陳校、顧校、陸校、龐校、濮校、莫校、錢校同。馬校：「『栝』，局誤从扌。」方校：「案：『栝』譌『括』，據宋本及《類篇》正。」

[五] 方校：「案：『橝』當作『潭』，《類篇》亦誤，今據《廣韻》正。注『䲢』《類篇》同，《廣韻》作『淊』。」

[六] 明州本、錢鈔「店」字作「居」。濮校同。誤。潭州本、金州本、毛鈔作「店」。《廣韻》亦作「店」。

[七] 馬校：「『稻』，局誤『稻』。」方校：「案：『稻』譌从臽，據《類篇》正。」莫校同。

[八] 某氏校：「注『瓜』上有『水芝』二字，『瓜』下有『也』字，並以《廣雅》校補。」

[九] 陳校：「《廣韻》从水。」

[一〇] 明州本、錢鈔「冰」字作「水」。濮校同。誤。潭州本、金州本、毛鈔作「冰」。

[一一] 明州本、錢鈔注「所」字作「祈」。龐校、濮校、錢校同。陳校：「所，《博雅》作『祈』。」方校：「案：作『所』固非，今《廣雅·釋言》作『祈』亦誤。王氏疏證云：『鎌，嘰也。祈乃曹憲嘰字之音。傳録者奪去嘰字，遂以音内祈字誤入正文耳。』」

[一二] 馬校：「『忝』，局作『忝』、『忝』、『忝』一字。」

[一三] 方校：「案：『薄』譌从竹，據《類篇》正。」按：明州本、潭州本、金州本、毛鈔、錢鈔注「簿」字正作「薄」。陳校、龐校、濮校、錢校同。

[一四] 方校：「案：《廣韻》『叐』字重文作『叜』，而以爲俗字，《類篇》作『叜』，似誤。」

[一五] 方校：「案：『忝』譌『忝』，宋本又譌『忝』，據《類篇》正。」按：明州本、潭州本、金州本、毛鈔、錢鈔注「忝」字作「忝」。余校、汪校、韓校、龐校、濮校同。云毛鈔作「忝」，疑所據本有誤。

五十二儼

[一] 方校：「案：當从《說文》作『嚴』，《類篇》从攴作『嚴』，亦誤。」按：明州本、錢鈔「嚴」字作「嚴」。龐校、濮校、錢校同。

[二] 陳校：「顩，頷顩，不平。入《琰韻》。」

[三] 方校：「案：《詩·澤陂》：『碩大且儼。』『儼』字《說文·女部》引作『嬌』。是『嬌』與『儼』通。」

[四] 陳校：「嬐然，齊也。入《琰韻》。」

[五] 陳校：「『妒』字《廣韻》作『庋』。」

[六] 方校：「案：注『广』譌『广』，據小徐本正。『刺』當作『剌』。」

[七] 陳校：「隒，山形如重甑。入《琰韻》。」

[八] 陳校：「嶮，山不平。入《琰韻》。」

[九] 陳校：「『噞』、『顩』、『嬐』、『崦』、『鹼』等字入《琰韻》。」

[一〇] 陳校：「『貶』、『导』二字入《琰韻》。」丁校：「『貶』字《廣韻》入《五十琰》。」方校：「案：『喁』字見《說文》，訓義同『噞』，係新坿字。」

[一一] 明州本、潭州本、金州本、毛鈔、錢鈔注「臼」字作「臼」。又潭州本注「臼」下空一格。明州本、金州本、毛鈔、錢鈔不空作「覆」。陳校、陸校、龐校、莫校同。丁校據《說文》補「覆」字。又明州本、錢鈔注下「寸」字作「十」。龐校同。誤。潭州本、金州本、毛鈔作「寸」，不誤。馬校：「『导』注『从寸臼覆之』，局『臼』誤『臼』，『覆』字缺空。」方校：「案：『臼』譌『臼』，下奪『覆』字，據宋本及《說文·巢部》正補。又此字二徐本篆皆譌『[illegible]』，段氏據此及《篇》、《韻》、《類篇》定作『[illegible]』。」

[一二] 方校：「案：『抇』譌『服』，據《說文》正。《類篇》作『掫』，亦誤。」

[一三]《廣韻》無「也」字。

[一四] 方校：「案：『掩』譌从土，據《類篇》正。」

五十三豏

[一] 陳校：「又入《檻韻》。」

[二] 方校：「案：『陷』譌『陷』，據《廣雅·釋詁四》正。」按：明州本、毛鈔、錢鈔注「陷」字正作「陷」。陳校、顧校同。馬校：「『陷』，局誤『陷』。」

[三] 方校：「案：《篇》、《韻》竝訓挂，《類篇》口減切止訓危，存參。」

[四]《類篇》作「山高峻皃」。參見《琰韻》丘檢切「嵰」字。

[五] 衛校「瀸」作「葴」，「蔣」作「漿」。方校：「案：《爾雅·釋艸》『瀸』作『葴』，『蔣』作『漿』，陸書無異文。」

[六] 明州本、毛鈔、錢鈔注「戚」字作「慼」。陳校、龐校、濮校同。

[七] 方校：「案：『吠』譌从犬，據《說文》正。」按：明州本、潭州本、金州本、毛鈔、錢鈔注「吠」字正作「吠」。陳校同。參見《檻韻》虎檻切「獭」字注。

[八] 方校：「案：二徐本『賊』下有『疾』字，段氏云：疑有誤。」

[九] 明州本、潭州本、金州本、毛鈔、錢鈔「嗲」字作「嗲」。龐校、濮校同。方校：「案：『嗲』譌『嗲』，據宋本及注文正。」參見平聲《咸韻》師咸切「嗲」字。

[一〇] 明州本、潭州本、金州本、毛鈔、錢鈔注「腸」字作「膓」。濮校同。

[一一] 明州本、毛鈔、錢鈔注「二」字作「一」。馬校：「『一』字誤，局作『二』。」按：潭州本、金州本作「二」。

[一二] 明州本、錢鈔注「毚」字作「毚」。濮校同。龐校：「『毚』竝从㲋、从兔。」

[一三] 陳校：「『嶦』入《檻韻》士檻切。」

[一四]《廣韻》無注「皃」字。

[一五] 明州本、毛鈔、錢鈔「滥」字作「滥」。龐校同。馬校：「『滥』，《廣韻》本如此作，局作『滥』，注同。」

[一六] 明州本、錢鈔注「丈」字作「文」。錢校同。誤。潭州本、金州本、毛鈔作「丈」，不誤。

[一七] 方校：「案：大徐本及《類篇》『州』作『章』，此从小徐，與《漢志》注合。」

[一八] 明州本、錢鈔注「兩」字作「雨」，誤。潭州本、金州本作「兩」，不誤。

五十四檻

[一] 方校：「案：『黤』譌『黤』，據《廣韻》正。」按：明州本、毛鈔、錢鈔注「黤」字正作「黤」。龐校同。

[二] 余校「籠」作「櫳」。陳校：「籠，《說文》从木。」方校：「案：『籠』當从《說文》作『櫳』，《漢書·谷永傳》音義引《字林》亦可證。《類篇》與此同誤。」

[三] 陳校：「獵，犬齧物聲。又入《豏韻》。」

[四] 方校：「案：『檄』，《類篇》同，《廣韻》从手作『撖』。」

[五] 方校：「案：五字係《釋水》正文，非景純注語。」

[六] 陳校：「局作『行』，脱『艸』頭。」方校：「案：『荇』譌『行』，據《類篇》正。」按：明州本、金州本、毛鈔、錢鈔注「行」字正作「荇」。龐校、濮校、錢校同。

[七] 陳校：「『闞』入《豏韻》火斬切。」方校：「案：『闞』本从門，此與《篇》、《韻》竝譌从門，據《類篇》、《韻會》正。」

[八] 方校：「案：《文選・長楊賦》注引《蒼頡》作『撕』，同。」

[九] 陳校：「『嵁』入《豏韻》士減切。嵁絶，山皃。」方校：「案：《廣韻》無『嵁』有『巉』，注：『峻巉皃。』音同。」

五十五范

[一] 顧校作「范」。陸校、莫校同。方校：「案：本韻『范』、『蝵』、『笵』、『軛』、『範』、『犯』等字偏旁皆譌从『已』，今正。」濮校：「此部多不可辨。」

[二] 方校：「案：《廣雅・釋蟲》未見，王氏據此及《類篇》補録。《藝文類聚》九十七引《廣雅》『蝵』作『范』，『蠭』作『蜂』。」

[三] 明州本、潭州本、金州本、毛鈔「軓」字作「軓」。余校、段校、陸校、龐校、濮校、莫校、錢校同。汪校从「丸」改「凡」。方校：「案：『軓』譌从丸，據宋本及《説文》正。」

[四] 段校：「『軛』作『軛』。」

[五] 陳校：「『軬』，《説文》作『軬』。」按：明州本、潭州本、金州本、毛鈔、錢鈔注「軬」字正作「軬」。余校、衛校、韓校、陸校、龐校、濮校、錢校同。馬校：「『軬』，局作『軬』，誤。」方校：「案：『軬』譌『軬』，據宋本及《説文》正。」

[六] 明州本、潭州本、金州本、毛鈔、錢鈔注「摸」字作「模」。汪校、韓校、陸校、龐校、濮校同。馬校：「『模』从扌，亦誤。」方校：「案：『摸』亦當依宋本作『模』，訓義見《易・繫傳》疏、揚子《法言・五百序》注、《一切經音義》二引《通俗文》。」

[七] 方校：「案：『僴』見《玉篇》，音丑減切，訓義同。《廣韻》作『僴』，訓僴行，義不可詳，音與此合，疑有誤。」

[八] 陳校：「『蹦』，中从臿，企足望。」顧校：「『蹦』作『蹦』。」方校：「案：『蹦』當从閻，『蹦』字《玉篇》作『蹦』，注：『跂足。』《廣韻》作『蹦』，注：『跉足望。』此『跉』亦當作『跉』。本書去聲《五寘》去智切『跉』與『企』同，《類篇》與此同誤。」

[九] 毛鈔注「盄」字作「盄」，韓校同。方校：「案：宋本『盄』作『盄』，《類篇》同。」

[一〇] 方校：「案：『候』譌『候』，據《類篇》正。」

[一一] 方校：「案：『腇』譌『腇』，據《類篇》及本文正。《廣韻》『腫』上有『淫』字。」按：明州本、潭州本、金州本、毛鈔注「腇」字正作「腇」。韓校、顧校、龐校、濮校同。

[一二] 方校：「案：『叐』譌『叐』，『攵』譌『攵』，據《説文・攵部》正。㑒，《類篇》同。汲古本誤从土作『㙀』，段氏校改『㑒』。」

[一三] 明州本、潭州本、金州本、毛鈔、錢鈔「㪇」字作「㪇」。段校、韓校、陳校、陸校、龐校、濮校、莫校、錢校同。方校：「案：『㪇』譌『㪇』，據宋本及《類篇》正。」

[一四] 明州本、錢鈔「扱范」作「极笵」。龐校同。